103年 2014
童話選

陳素宜 主編

九歌年度童話選

103

年度童話獎

得主

陳秋玉

作品

櫻桃樹街的奇蹟

九歌出版社

九歌103年度童話獎　得獎感言

◎陳秋玉

真實的夢奇地

幻想國夢奇地，不僅存在童書或電影裡，其實就在我家裡。於是因學習脫掉尿布而焦慮不安的孩子，開始接納馬桶成為好朋友；習慣不良的阿醜公主，是孩子成長過程的一面鏡子；而睡不著的夜裡，我們幻化成貓，俐落的躍向神祕國度的屋頂上……。

我喜歡在每個故事結束前，留給孩子想像空間。因此，在〈櫻桃樹街的奇蹟〉裡，郵筒夫婦吞掉彩虹發生與天堂通信的奇蹟。但如果他們吞掉的是流星，又會發生什麼魔法奇蹟呢？孩子們天馬行空的想像力，才是這個故事的最終結局！

為了引導就讀小學的女兒，將腦中的神奇小劇場，轉變成文字而開始的童話創作，竟意外獲此殊榮！非常感謝出版社及辛苦的編輯和評審們，這個鼓勵對我意義重大！

103年童話選
目錄

卷一　咦？跟從前不一樣

聖誕老婆婆　李光福　09
野狼哪有那麼壞　林安德　19
金狐狸與長眠咒　蔡政諭　37
龜島靈蛇　山　鷹　45

卷二　嗯，就在身邊找一找

四頂帽子　林　良　61
房子國的眾生圖　張曉風　73
森林裡的廣播電台　吳燈山　87
垃圾車找聲音　岑澎維　93
不斷水的彩色筆　張英珉　111

卷三 喔，有件事情要做好

神祕屋任務　李瓊瑤　119
劍獅的超級任務　王昭偉　125
樹筆友與鳥信差　黃培欽　141
螢火蟲，要發光　卓奕伶　155

卷四 啊！心中最愛的事物

鬼當家園遊會　周姚萍　163
大樹摩天輪　嚴淑女　173
完美女孩與機器人　紀怡廷　183
歡迎，請上船　王文華　195
寵物盒　楊隆吉　201
最棒的聖誕卡片　王家珍　209

卷五 哇！真是大吃一驚

神奇的！先生 林世仁 225
手手雨 陳昇群 233
酷 狗 王宇清 249
櫻桃樹街的奇蹟 陳秋玉 257

—主編的話— 我依然看見了希望 陳素宜 274
—小主編的話— 我心目中的好童話 柳柏宇、游巧筠 劉祖佑 279
—附錄— 一〇三年童話紀事 謝鴻文 286

卷一

咦？跟從前不一樣

聖誕老婆婆／李光福

◎ 插畫／劉彤渲

作者簡介

花蓮師專語文組、新竹師院語教系畢，教了三十一年的書，終於成為退休老師，得過一些不大不小的文學獎，著有兒童文學作品一百餘本。

童話觀

能成為兒童文學作家，我是從童話起步的——童話是我情緒發洩的管道，是我滿足慾望的利器，更是我天馬行空的祕密天地！

一年一度的聖誕節即將到來，聖誕老公公每天忙進忙出的買禮物、包禮物，打算在聖誕夜時，分送給他最喜愛的孩子們。

看到聖誕老公公一頭熱的樣子，他的太太酸溜溜的說：「哼！如果你對我也像對那些孩子一樣，做牛做馬我都心甘情願！」

「哎！他們是小孩子嘛！你怎麼拿自己跟小孩子比？」聖誕老公公一邊包禮物，一邊不以為意的說。

「那些孩子跟你又沒有任何關係，你每年花那麼多錢買禮物送他們，我覺得很……不甘心！」

「我是聖誕老公公嘛！當然要滿足他們呀！」

「就算要滿足他們，也不能每個孩子都送呀！你看！」聖誕老公公的太太把存摺攤在他面前，不滿的說：「我辛辛苦苦存了一年的錢，一下子就被你花光了！自從你當了聖誕老公公後，我就沒一天好日子過……」

聖誕老公公一面包禮物，一面淡淡的說：「哎呀！日子能過就好了，過什麼好日子嘛！」

聖誕老公公的太太一聽，不由得火冒三丈，一把搶過聖誕老公公手中的禮物，說：「今年聖誕夜由我去送禮物，你別去了！」

聖誕老公公看看她，說：「半夜出門ㄟ！還冰天雪地的，很冷、很辛苦，你去幹嘛？」

「當聖誕老婆婆、送禮物呀！我會調查清楚才送，不會像你每個孩子都送，浪費、濫送！」聖誕老公公的太太振振有詞的說。

聖誕老公公不同意她去，可是她偏要去，兩個人你一句、我一句的爭執個沒完沒了。

聖誕老公公的太太心一橫，舉了一大堆理由，什麼「錢都花在別人家」、「從沒送過她禮物」、「一點也不關心她」，甚至來個一哭二鬧，讓聖誕老公公招架不住，只好同意讓她當聖誕老婆婆去送禮物。

聖誕節當晚，孩子們各自把襪子掛在床頭上，紛紛睡去了；每個孩子的臉上都帶著期待的微笑，希望聖誕老公公能送來他們最想要的禮物。

就在這個時候，聖誕老婆婆穿上紅色衣服、戴了紅色帽子，把禮物整理好，帶著一台「生活習慣回憶機」，從家裡出發了。

「生活習慣回憶機」是她絞盡腦汁發明的，只要把這台機器靠近睡著的孩子身旁，螢幕上就會顯現出這個孩子的生活習慣，不管是好習慣，還是壞習慣，全都一覽無遺——她打算利用這台機器決定送不送禮物。

午夜一過，聖誕老婆婆駕著麋鹿拉行的雪橇，在「叮噹叮噹」聲音中，由遠而近，悄悄的出現了。孩子們睡得很沉、很香、很甜，沒有人發覺今年來送禮物的是聖誕老婆

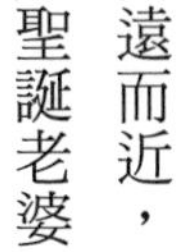

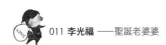

婆，而不是聖誕老公公。

走著走著，一棟外表華麗的五層樓豪宅出現在眼前，聖誕老婆婆看了，想：「這棟房子『長』得最高、最顯眼，先到這家看看吧！」

她不聲不響的進到豪宅裡，放眼一看，裡面的裝潢富麗堂皇，簡直讓她眼花撩亂。「都這麼有錢了，還需要送禮物嗎？」聖誕老婆婆一邊想，一邊找到小孩子的房間。

床上躺著的，是一個胖嘟嘟的男孩，他睡得很熟，熟到口水都從嘴角流了出來。

聖誕老婆婆把「生活習慣回憶機」靠在男孩身邊，一會兒，螢幕上出現了男孩的生活影像：媽媽幫他買的早餐，他原封不動的丟到垃圾桶裡；不管什麼食物，吃兩口就不吃了；還常常嫌這個不好吃、那個難下嚥……

聖誕老婆婆搖搖頭，嘆了一口氣，說：「唉！這麼不懂得惜物愛物的孩子，給他禮物，不是很浪費嗎？」

說完，她冷冷看了床頭的襪子一眼——一隻超大的襪子，沒有說什麼，也沒有放禮物，轉身就離開了豪宅。

接著，聖誕老婆婆來到一棟兩層樓的透天厝裡，進到孩子的房間後，立刻把「生活習慣回憶機」靠在床上熟睡的女孩身邊，一眨眼，螢幕上出現了女孩的生活影像：

她跟爸爸媽媽講話時，不但臭著一張臉，口氣也很不耐煩，好像爸爸媽媽欠她幾百萬元似的。跟爺爺奶奶講話，不是「哎呀！你不懂啦」，就是「別囉唆好不好」，絲毫不把爺爺奶奶放在眼裡。在學校裡，她從不向師長行禮問好，也不跟同學打招呼……

聖誕老婆婆一看，冷冷的說：「哼！這個不孝順父母、不尊敬長輩、又沒禮貌的小孩，我家那個老頭子竟然也要給她禮物？」

說完，她看都不看女孩一眼，轉身就出了透天厝。

接連看了兩個行為脫序的孩子，聖誕老婆婆有點失望，忍不住抱怨起聖誕老公公：「每年花大筆金錢買禮物送給這樣的孩子，他真是越老越回去了！幸好今年我搶著出來送，不然，又要白白糟蹋一筆錢了。」

繼續往前走了不久，前方出現一棟公寓大樓，聖誕老婆婆選了其中一層，輕輕巧巧的溜了進去，來到孩子的房間。躺在床上的，是一個剃著平頭，看起來有點頑皮的男孩。

聖誕老婆婆剛把「生活習慣回憶機」靠到男孩身邊，螢幕上就出現了他的生活影像：他看起來雖然很頑皮，其實很乖，不用爸爸媽媽叫，他就會主動幫忙做家事，而且做得又快又好。

不過，他有一個很大的缺點——喜歡說髒話，不分場合、不看對象，隨隨便便就衝口而出，因此常常得罪同學，遭到指責。

聖誕老婆婆看了後，心想：「說他是好孩子嘛！可惜有缺點。說他是壞孩子嘛！其實他又不壞，怎麼辦呢？」

想了好一會兒，聖誕老婆婆忽然靈機一動，說：「他喜歡說髒話，表示嘴巴不乾淨，那……我就送他一條牙膏，讓他把嘴巴刷乾淨吧！」

說著，她從大紅袋子裡拿出一條牙膏，放進男孩掛在床頭上的襪子裡，然後得意的笑著說：「哈哈！這真是個好禮物！」

終於送出了第一份禮物，聖誕老婆婆顯得很興奮，隨即又進到公寓的另一層，來到孩子的房間，裡面的擺設很淡雅，東西也放得很整齊，書桌上有一張照片，照片裡是一個笑得很燦爛的女孩。

聖誕老婆婆走近床邊，低頭一看，躺在床上的，就是照片裡那個笑得很燦爛的女孩。輕輕的把「生活習慣回憶機」靠到女孩身邊，她的生活影像立刻出現在螢幕上：

原來，這個女孩是個很有愛心的人：有老人要過馬路，她會牽他們過去；有年紀小的孩子跌倒了，她會扶他們起來。最可貴的，是她把爸爸媽媽給的零用錢省下來，捐給了公益團體和慈善機構。

「哇！這女孩真有愛心呀！實在了不起！」聖誕老婆婆一邊看著女孩，一邊豎起拇指誇讚，然後從袋子裡拿出一個精美的撲滿，放進床頭的襪子裡，說：「你會捐錢助人，送個撲滿給你，應該最適合不過了。」

離開公寓之後，聖誕老婆婆很得意，一面繼續往前走，一面尋找下一個目標。忽然，一間又矮小又破舊的房子出現在眼前。

聖誕老婆婆認為這麼矮小、破舊的房子應該沒人住，原本沒打算進去。可是她忍不住好奇心的驅使，決定進去一看究竟。

屋子裡窄窄的，除了床，只有簡單的幾件家具，看起來就不是富裕人家。床上睡著三個人，一個女孩，還有……應該是她的爸爸、媽媽吧！

聖誕老婆婆把「生活習慣回憶機」放在女孩身邊，兩眼盯著螢幕看：

上下學途中，女孩一邊走，一邊撿起路旁的鐵鋁罐和寶特瓶帶回家。她還把用短了的鉛筆尾削尖，插進不要了的原子筆桿裡，握在手中，一筆一畫的寫作業。鉛筆盒裡的鉛筆，不是短短的，就是像她手中那枝一樣……

還沒看完，聖誕老婆婆鼻子酸了，眼眶熱了，喃喃說：「啊！多乖巧的孩子呀！像這樣的小孩，才真正需要禮物。」

說完，她從袋子裡拿出兩打鉛筆，正打算放進襪子裡，可是床頭並沒有襪子。聖誕老婆婆找了又找，發現女孩根本沒有掛。她又是一陣心酸，輕輕的把兩打鉛筆放在女孩的枕頭邊……

天亮之後，孩子們的驚呼聲此起彼落的響起來：

「我昨晚夢到一個自稱是聖誕老婆婆的人，她說我不懂得惜物愛物，所以沒有給我禮物。我以後要惜物愛物，不然，明年聖誕節又沒有禮物了！」

「我也夢到聖誕老婆婆了！她說我不孝順父母、不尊敬長輩、沒有禮貌，所以沒資格拿禮物。我以後也要孝順父母、尊敬長輩了。」

「我有禮物呵！是一條牙膏！聖誕老婆婆要我把嘴巴刷乾淨。我也要改掉說髒話的壞習慣，明年才有更好的禮物。」

另外兩個女孩心滿意足的抱著禮物，沒有跟著大聲嚷嚷。

「聖誕老婆婆，謝謝你送我這麼實用的禮物，我會好好運用它，幫助更多需要幫助的人。」一個輕聲說。

「聖誕老婆婆，謝謝你對我的關愛，我會繼續做個樂觀的孩子，勇敢面對挑戰。長大後，也會像你一樣關愛別人。」另一個細語道。

聽了孩子們的話，躲在暗處的聖誕老婆婆得意的笑著說：「哈哈！用這種方式送禮物，才有意義嘛！明年，我還要繼續當聖誕老婆婆，看看這些孩子有沒有說到做到！」

本文榮獲一〇三年桃園縣兒童文學獎童話組佳作

編委的話

●柳柏宇：

這個故事的取材很特別，一般人想到聖誕節會送別人禮物的也只有聖誕老公公，沒人會想到聖誕老婆婆。聖誕老婆婆送禮物的方式真獨特，只有乖小孩才會送他禮物，不過，說教意味比較濃，是這篇故事的缺點。

●游巧筠：

我覺得這篇文章很有趣，文章中聖誕老婆婆竟然代替聖誕老公公的工作，我們常聽到聖誕老公公，都沒有注意到可能有聖誕老婆婆，小朋友也希望能收到聖誕老公公送的禮物，從來沒想過會不會有聖誕老婆婆這件事。小朋友們可能也沒想到，說不定聖誕老公公在送禮物時聖誕老婆婆也在旁邊呢！

●劉昶佑：

比起從小到大所常常聽見的聖誕老公公，我覺得聖誕老婆婆會讓讀者更覺得有趣有新鮮感，雖然說聖誕老公公的故事已經在小孩心中生根，但是這樣千篇一律的重複著或者一直圍繞著某事物打轉，難道不會覺得疲倦嗎？所以我覺得作者這樣奇特的取材方式非常有創新的感覺，但是我唯一覺得美中不足的是，這篇故事給人的感覺比較不像是一般的童話，給人放鬆的感覺，反而說教的意味較濃，這樣就有點古板。

野狼哪有那麼壞

／林安德

◎ 插畫／劉彤渲

作者簡介

只是平凡人，有幸作品獲青睞，但仍需持續努力。希望各位讀者們，好好享受作品，讓故事說話就好囉！

童話觀

能夠開啟想像的另一扇窗是什麼？可以讓兒童在童趣中翱翔的是什麼？完成創意舒展的空間，製造歡笑的回憶。又是什麼？童話，就是其中之一。

野狼的自白

大家好，我是野狼。

對，就是會ㄠ——嗚——的野狼。

沒錯，就是毛粗粗牙尖尖的野狼。

……嗯，也是大家口中壞壞的野狼。

我很不想承認，但有關於狼的詞彙，都不是太好。像是狼心狗肺、狼子野心、狼狽為奸、狼狽不堪、引狼入室……更別提「色狼」的稱號。

還有還有，像是杯盤狼藉、狼吞虎嚥，把我形容得十分貪吃，吃相又很難看，其實，我的食量並不大。

另外，我也不懂為什麼連不是狼族的黃鼠狼，也不可以給「雞」拜年？別人拜年是好事，為什麼黃鼠狼給雞拜年是「沒安好心眼」？更別說我去給別人拜年，對方好像就會出事；怎麼我連拜年的機會也沒有了？

這些年，我過年時總是孤孤單單冷冷清清的，這也是我一直不懂的地方，為什麼偏偏是「狼」？為什麼不是其他動物？

從來就沒有人覺得我長得好看，要不嫌我是凶狠的壞人臉，要不就嫌棄我的毛色暗

狼心狗肺
狼狽為奸
狼狽不堪
引狼入室
狼子野心

沉，可是，每次走到河邊，看到自己的倒影，我總是覺得，其實我長得也很有粗獷的美感。如果獅子是威嚴帥氣，老虎是虎虎生風，那為什麼狼是凶狠狡詐？

怎麼大家都不喜歡我？

說起來，我們狼族也是有很多優點的。我們狼群會住在一起，遇到困難能彼此合作，解決問題。而且我們很專情，一次只交一位女朋友。不像獅子，每次都要好幾位女伴，實在是太花心了。

至於我每一天的行程，都是在扮演壞人。有時要突然張開大嘴露出獠牙，大家都罵我血盆大口，卻不知道我的下巴常常快要脫臼，回家吃飯嘴巴又常酸痛到無法嚼東西。你們可知道，望著一整桌色、香、味俱全的美食，冒著騰騰的熱氣，卻連吞口水都不行——因為已經酸痛到合不攏嘴巴了——這是多麼辛酸難受！

有時候我應讀者要求伸出我的利爪，馬上會被大家說我欺負弱小。可是，我只是照大家指示，一個口令一個動作，一想起就無奈。而每個人對「利爪」的要求很高，要夠尖銳，還要能閃著耀眼的冷光，我必須每天磨指甲磨好幾個小時，又累又無聊，臨時想抓癢，一不小心就抓破皮，好煩人！

除了吃不飽，我也睡不好。森林中的夜晚，夏天蚊子多，蟬的叫聲又響又亮，風吹進樹林雖然消暑，但是陣陣傳來的樹葉聲——沙——沙——沙，還是令我難以入眠。冬天時則冷

到全身「皮皮挫」，如果再遇到下雪，就更加難熬。想到城堡內的王子公主蓋著溫暖的「雪白的棉被」，我卻在森林中披著「白雪的棉被」，眼淚就從冷到不停顫抖的臉頰，不爭氣的滑落下來。

似乎沒人知道其實我內心溫柔詳和，可是，大家把我當成十惡不赦的大壞蛋，我只能暗自在角落哭泣。

ㄠ——ㄠ——嗚——嗚嗚——嗚嗚嗚——我想當「好狼」！

Fairy tales Book

我最近仍然過得辛苦，幸好有ＦＢ——「Fairy tales Book」，它是一個社群網站，在裡面有個「反派不要哭」的社團，裡面資深的前輩像是噴火龍、巫婆、後母等，是我的精神支持，在我陷入低潮時，都會留言安慰我。

「狼小弟，要相信自己，你是最棒的反派！」這是噴火龍昨天給我的留言。

「壞得徹底，壞得極致，壞到最高點，心中有壞壞，愈壞愈可愛 by 巫婆&後母」

雖然看完總能會心一笑，但我內心深處，總是有一股說不清楚的……

淡淡的哀傷。

因為我知道我想當好人，我還是嚮往騎士精神。看著童話世界裡頭那一些男女主角們，享受著天堂般的待遇，我也想像他們一樣，天天能痛快的享受美食，我也想要住在大城堡裡面，冬暖夏涼，悠閒舒暢。

我想變「好狼」，這個心願，從未在腦海中停止迴響。

於是，我在FB上留言如下：

To好心人：

誰能救救被命運所遺棄的小狼？誰能給小狼一個全新的機會？茫茫人海中，或許好心人就是你。我不是壞狼。雖然我長得凶，但是我的內在擁有眞善美；或許過去你曾誤會我，現在你有機會重新認識我。我相信大家都有著雪亮的眼睛，看得清眞相只有一個！

你可以再靠近一點，沒錯，就是你！請站出來聲援我，給我一點愛！

發布完消息，我信心滿滿的等待回應，但第一天，沒人按讚，也沒人回覆留言。或許明天會更好。

到了第二天，沒人按讚，但有一則新留言，「天亮了，該起床別作夢啦！」我心裡飄過一絲絲寒意，不過我沒放棄，仍然懷抱希望。

第三天，依舊沒半個讚，但多了好幾則留言，大部分都是嘲笑我癩蝦蟆想吃天鵝肉之類的風涼話，像是「咦？太陽打西邊出來了喲！大野狼要變好狼喲！」、「號外，號外，請見證奇蹟的時刻——野狼變好狼，Magic！」、「世紀大騙局，野狼人生」……這實在是令我傷心。

就連噴火龍也上來留言：「苦海無涯，回頭是岸。狼小弟，正、反派的界線，你是跨越不了的！」

第四天，巫婆也加入「道德勸說」的行列，「想開點，承認自己是反派，會是種解脫。」

到了第五天，本來我都已經不抱持著希望，赫然發現一則最新留言：

「我很同情你的遭遇，請快和我聯絡。阿克」

阿克是誰？我翻一翻我的通訊錄，找不到阿克這個人，他不是我的朋友，也不是我的同學。但是有人聲援我，總是為我凋零的心注入一劑強心針，馬上寫封信給他吧！

隔天，阿克很快的回信給我：

親愛的小狼，我是阿克，是一位造型設計師。我相信你總是被誤解，卻又一直無法改變別人對你的壞印象，一定很難過。我也相信，茫茫「狼」海中，一定有一匹好狼。你，應該就是那一匹好狼吧！所以，我想要幫助你，爲你改變造型，平反你的反派宿命。明天，到我的工作室來吧！

喔耶！我的人生，終於要變彩色的！

野狼的「變裝秀」

阿克是小矮人，當他在工作室外向我打招呼時，我差點兒找不到他，還好阿克穿著大尺寸的衣服，搭配上鮮亮的螢光色，雖然目標小，但是有「亮點」，我們終於順利的見面了。阿克帶我進入他的工作室，我馬上被五彩繽紛的顏色所吸引；工作室牆壁的底色是鮮亮的黃色，其中點綴著大大小小的綠色圓點，這些綠色的圓點從墨綠、深綠到淺綠，有些圓點還是漸層的顏色，令我感覺充滿了活力！阿克的辦公桌椅是粉紅色系的組合，甜甜暖暖的；放在桌上的文具，紅橙黃綠藍靛紫都有，卻不會覺得無法搭配。抬頭一看，工作室的天花板是一片藍色，藍得剛剛好，像是溫度適中的天氣，有點涼又不會太涼，舒服極了！

真不愧是造型設計師啊！

但因為阿克是小矮人，所以他的工作室雖然是一般的小房間，但對他來說，就顯得

超~級~巨大。我很好奇，他花了多久的時間將他的工作室布置完成。可是阿克欲言又止的不說出來，反而讓我覺得更好奇了。難道，工作室裡有著不可告人的祕密？或者，有著神奇的魔法？一想到這裡，我的心裡反而有點毛毛的。

「其實沒有什麼祕密或魔法啦！」阿克看著我緊張的神情，嘆了口氣，接著說，「其實我們小矮人也總是被誤會，大家都以為我們愛惡作劇，偷東西。可是，我們平時總是很努力在森林裡採集食物，不偷不搶，安分守己。很多時候，是大家自己東西亂丟，當我們幫忙把東西找出來還給大家，卻又被誤會成惡作劇後的物歸原主。」

哇！我聽完也替小矮人們難過，「可是，這和你的工作室有什麼關係呢？」

阿克雙手一攤，「就是因為常被誤會，所以我決定要做一些不一樣的事，我想要被其他人『看見』，我設計這一間工作室，還堅持要使用一般人的大小，我想，這樣大家才看得清楚啊！也因為這樣，前前後後，我花了三年的時間，才將我的工作室上色完畢。」

我很佩服阿克，但這明明是個上進青年的好人好事，為什麼說不出口，為什麼要嘆氣？

「我花了三年的時間為我的工作室上色，所以當其他小矮人努力工作，採集食物的時候，我都沒有去幫忙，大家以為我故意偷懶，只想要不勞而獲。他們看見我的工作室時，又覺得沒有實用價值，所以，我就被趕出來了。」阿克背對著我說明，可是，我還是發現眼淚沿著他的臉頰滑落下來。「其實，你是我第一位顧客……」

我一定要幫阿克，證明他的價值！我低下頭對阿克說，「來吧！我相信你一定可以為我做出最適合的造型！我相信你！」

阿克轉過身，抬起頭，眼中閃爍著興奮的光芒。「謝謝你願意給我這一份機會，我們趕快來討論你的造型吧！我先替你挑選幾款顏色，看看你喜歡不喜歡。你看，紅色象徵熱情，我為你設計一件紅外套，相信可以展現你的熱情給大家看。另外，我最近看完一本《國劇臉譜介紹》，發現黑色其實代表正直剛毅，其實也很適合你。還有還有，白色象徵純潔，看完你在FB上誠摯的留言，我相信你的內心一定是沒有邪惡的念頭，一定是的，不然，你怎麼願意無條件的相信我咧！所以，白色應該也非常適合你。其他還有許多顏色喲……」

聽著阿克滔滔不絕的分析著他為我量身訂做的設計，好像都有著那麼幾分道理，不過，我內心還有著一個小小的疑問。

如果為工作室上色要花三年，那麼，為我製作一件衣服，要花多久的時間呢？

不管那麼多了，總之，我要相信阿克！

沒有「狼」的日子

最近這三個月，野狼都沒有出現。第一個月的時候，大家暗自慶幸著童話世界的壞蛋少了一個，感覺離和平、幸福又美滿的世界邁進了一大步，日子過得寧靜而愜意。

第二個月過去，大家反而覺得不太習慣再也沒有看見野狼。不過，卻又不好意思說出口，若無其事卻又若有所失的度過這三十天。

第三個月，小紅帽站出來說話了，「我已經八十幾天沒遇見野狼了，每天經過黑森林時，沒有人陪我聊天，獨自面對黑鴉鴉的一片森林，我反而覺得更害怕。走出森林之後到了奶奶家，奶奶沒被大野狼抓走，我都要陪著奶奶打毛線。現在我打了十幾件的毛線衣，但我真正想做的，是烤出好吃的餅乾，和奶奶愉快的吃著下午茶啊！」說完，小紅帽還委屈的癟了癟嘴。

奶奶也跟著說，「是啊是啊，雖然以前總是要被大野狼給抓走，但三個月不見，忽然覺得，他抓走我的時候，在野狼懷裡倒是挺溫暖的。」

羊媽媽接著發言，「以前，我還可以透過大野狼教育我的七隻小羊。不乖時，搬出大野狼的血盆大口和利爪，他們就會乖乖聽話。也可以利用從大野狼手中救出他們的事情，讓他們明白媽媽的愛有多偉大，還有善用智慧化解危機的重要。可是現在，七隻小羊

沒了大野狼，皮的皮，搞怪的搞怪。我每天忙著收拾家裡被打翻撞亂的家具就暈頭轉向了，整理乾淨之後，七隻小羊又不懂得感激我的辛勞，卻只顧著埋怨肚子餓了，媽媽沒有準時做出好吃的飯菜。前天小羊羊說我不夠愛他們，昨天大羊羊還說……說我……是不盡責的媽媽……」羊媽媽越說越哽咽，好不容易才勉強的說完。

「這三個月，我胖了十公斤。」王子不好意思的站了出來，很明顯，他的衣服小了一號，看起來有點像中年大叔。「因為不能追捕野狼，我每天的運動量大大的減少。過去我可是每天花至少三小時和野狼追趕跑跳碰，現在，王子都不王子了。而且，公主威脅我，再不減肥，就要分手！都是大野狼害的！」王子說著說著，臉都脹紅了。

大家都很無奈，也都是現在才發現，他們多麼需要大野狼！

大野狼啊大野狼，你什麼時候才要出現呢！

開心，狼出沒

我實在很謝謝阿克日夜趕工，為我做出了紅、黑、白三套新裝。我想，三個月的等待，應該是沒有白費。就先穿著紅T恤去找小紅帽吧！

我在黑森林，遇見了小紅帽。穿著紅T恤的我，似乎讓小紅帽感覺到很陌生。為了扭轉我的形象，我想我應該主動一些，熱情一些。「小紅帽，好久不見。這三個月，你過得好不好啊？」話才說一半，小紅帽已經淚汪汪的看著我。

糟糕，沒有用嗎？

「大野狼，我好想你啊！而且你和我一樣都是穿著紅色的衣服，感覺好親切啊！還有還有，等一下記得趕快去奶奶家，她和我一樣想你呢！」小紅帽拉著我的紅色衣角，開心的說完，又催促我快點去奶奶家。飛也似的到了奶奶家門，敲完門，問完大家都知道的問題，一進門後，奶奶看見我這「紅狼」，先是笑了笑，再開心的抱著我，「原來，這三個月是去改變造型啊！」接下來的行程，又是糊里糊塗的和以前一樣，我還是做了「壞事」。可是，小紅帽、奶奶，還有我，都過了開心的一天。

這效果也太好了吧！這讓我十分期待穿著黑西裝去找七隻小羊！

隔天，前往七隻小羊的途中，我先遇到出門買菜的羊媽媽。我心裡想著阿克說黑西裝代表正直剛毅，這樣羊媽媽應該會比較能夠接受我吧！還來不及向羊媽媽打招呼，她就先對我說，「大野狼啊！你今天真的是黑得太剛好了，我就是需要你去扮『黑』臉，趕快去我家教訓教訓那七隻小皮蛋吧！就跟以前一樣，我會晚點回來，你加油喔！」

不是吧，我不想繼續使壞啊！可是當羊媽媽拍拍我的肩膀，露出一臉懇求的表情，「拜託」我使壞，我實在是無法拒絕啊！我只好到穿著黑西裝，到羊媽媽的家裡，無視羊媽媽家中凌亂的客廳，面無表情的瞪著七隻小羊，再慢慢的張開三個月沒磨，已經不再銳利而且長得有些嚇人的「利爪」，公平的教訓了七隻小羊。

好啦，結果還是一樣讓羊媽媽救回七隻小羊。不一樣的是，羊媽媽帶回七隻小羊之後，送了一個香噴噴甜膩膩的蛋糕，讓我回家好好品嚐。

就這樣莫名奇妙的「黑」掉了，我的心情卻沒有變差，而且，羊媽媽的手藝真不是蓋的！

剩白色大外套還沒試穿，剛好今天有點冷，我就穿著它出門了。沒多久，我遠遠的就看見了王子。只見王子越走越近，越走越近……不對，怎麼王子跑了起來，而且神情十分激動，「大野狼，等了三個月，我終於等到你了！你站著不要動！不要亂動！」

聽著王子以近乎大吼的方式，向我狂奔而來，看樣子怎麼解釋都沒用，只有先逃跑了。「叫你不要動你還給我跑！」王子更加生氣了，對著我窮追不捨。結果又是和以前一樣追趕跑跳碰的戲碼，但是今天王子特別有毅力，比以前跑得更久。

在這個時候，竟然下起雪了！

白雪一片一片的落在我身上，好險白外套十分保暖，而且，一片白茫茫之中，王子似乎找不到我，「大野狼啊，今天就先放過你。」

奇怪的是，王子並沒有帶著遺憾或失敗的氣餒，反而是堆著一臉滿足的笑容，在雪地上留下幾個字，轉身離開。

我走過去看著王子在地上留下的字，「謝謝你，今天，我補足了三個月的運動量。下次繼續吧！」這實在是讓我怎麼想都想不通。不過，有生以來第一次收到王子的感謝，倒是挺光榮的！在雪地裡，我享受著這份從來沒有過的感謝，雖然雪一直下，我的心暖暖的，同時因為有這件白色大外套，我的身體也暖暖的。

原來，壞壞真的可以惹人愛，當一隻「色」狼，也不賴！

壞野狼是我，但是我不壞

從此之後，我和以前一樣，每天繼續執行「壞事」，也重新回到ＦＢ裡面「反派不要哭」的社團，和噴火龍、巫婆，還有後母，彼此加油打氣，努力不懈的繼續使壞。但是我不再不開心了，也不斷的有著許多意外的小禮物。

一切都要感謝阿克，我送了一塊「惠我良多」的匾額，掛在阿克工作室的大門上。同時我也介紹噴火龍、巫婆和後母去阿克的工作室，換換新造型，效果也都很好。沒多久阿克的知名度大大的提升，傳遍了整個童話世界。

後來阿克還出了一本書——《造型奇蹟！改頭換面，反派不用哭》，他寄了一本給我，裡面夾了一封信：

大野狼，謝謝你給我機會，謝謝你讓我可以爲你設計造型。因爲有你，矮人族重新接納我，我現在除了忙著幫噴火龍、巫婆、後母們設計新造型，小矮人們也拜託我幫他們設計春夏秋冬新裝。我的工作室裡，天天都有小矮人來作客，甚至有兩位小矮人要應徵當我的助理。我想，如果你沒有在FB上留言，如果我沒有看見你的留言，或許我還是不能重獲矮人族的認同與讚賞。

最後，請你要永遠記得你說過，「我不是壞狼」。眞的，野狼哪有那麼壞！

阿克　敬上

我開心的笑了！

——原載二〇一四年一月《未來少年》第三十七期

編委的話

柳柏宇：

我們常常誤解野狼，不要說對他的負面成語有多多，大家對野狼的印象應該也沒有多好。這個故事一開始也是野狼覺得很鬱卒，為什麼大家偏偏要罵我，把我當作反派；可是，他後來卻在FB認識了好心的阿克，幫他設計了衣服，沒想到沒有狼的日子是如此空虛，大家竟然開始想念狼了，狼萬萬沒想到阿克的一小個舉動，能改變他的一生，同時，也幫了阿克自己；阿克寫的最後一句話：真的，野狼哪有那麼壞！這句話我看了，也跟野狼一樣，為他感到既高興又欣慰呢！

游巧筠：

這篇文章既好看又好笑，而且也教了我不少東西，它讓我知道不要把道聽塗說的事情當真，這樣會把原本無人知曉的事情鬧到家喻戶曉都知道，結果這件事還是隨便聽說來的，那不就等於誤會他人的罪犯了嗎？還有當別人在尋求幫助時，不要只顧著笑，看看自己盡全力了沒。我還發現如果你真的想引起別人注意的話，你會盡你的全力或找個你非常信任的朋友，來幫你完成，我相信如果真的盡全力的話一定會成功。

劉昶佑：

作者所寫的這篇文章的主角選自於童話故事書裡常見的題材——野狼，會使人對這篇故事特別感到親切並且容易接納。利用童話中野狼的反派角色與文中的好野狼相應，更加凸顯了野狼的好，接著作者又將有關於野狼的童話故事寫進文章中，例如：小紅帽等等，利用野狼把寫成反派角色以及跟野狼有關的故事主角說出野狼的重要性，使讀者更加了解野狼的好。

金狐狸與長眠咒／蔡政諭

◎ 插畫／卡森・OAOstudio

作者簡介

總是一邊編寫故事，也一邊替自己的人物和場景描繪出具體的形象。長期在兒童雜誌上發表圖文作品，累積至今約七十多篇。希望能寫出更雋永的故事。

童話觀

常常在日常生活裡記下自己的新體會和新發現，然後再把這些想法轉成發生在各種不可思議地點，或非常遙遠的時間裡的情節，讓每個故事，都為讀者描繪世界與心靈的一小段切片。

中古世紀，在歐洲的古老森林裡，遍布著神祕的靡花。傳說靡花是仙子們種的花，只要風一吹過，就會發出「沙沙沙」像輕聲細語般的聲音，讓人迷亂方向。在長壽的參天巨木和霧氣瀰漫之間，只有一位騎士能夠毫無困難的獨自往來各地，因為他天生可以看到和聽見特殊的事物，所以大家都叫他「靈眼騎士」。

這一天，他才剛走出森林，就在半路遇到了一隻渾身毛色金光閃閃的狐狸。牠擋在騎士面前，然後歪著頭打量著騎士說：「人家都說你有一對神奇的眼睛，也能夠聽懂動物甚至是花草樹木所說的語言，你知道我在說什麼嗎？」

騎士回答：「懂呀，請問有什麼事嗎？」狐狸說：「太好了，終於遇到能幫我的人了。你知道在森林的東方有四座陷入長眠的城堡嗎？」騎士說：「喔？我不知道。那些城堡怎麼了？」狐狸便對騎士娓娓道來。

在森林的東方，有四個互相爭戰不斷的國家，他們各自擁有一個圖騰來當標記，那就是——象徵大地豐收的蘋果、踏實滿足的乳牛、才華洋溢的雀鳥，和機靈敏捷的狐狸。但因為戰事紛擾，生靈塗炭，圖騰所代表的意涵早就淪為空殼，反而成為人們區隔彼此的標籤，因此惹惱了鳳凰谷的仙子，便使用長眠咒讓這個地區安靜下來。狐狸繼續說：「可是仙子也安排了讓他們甦醒過來的方法，只要有人能領悟這四個國度該互相合作而非互相爭奪，那麼魔法就能解開。」騎士說：「喔？你知道方法嗎？」狐狸說：「知道，可是卻沒有人聽得懂我的話。好不容易遇到你，我可以把方法告訴你。」

原來，仙子所安排的解咒之法，是必須互相合作才能完成的連環儀式。在這些國度中各有一樣寶物，那就是一棵會結出金蘋果的樹、一隻金鳥、一頭金乳牛和一隻金狐狸。中了長眠咒後，金蘋果樹所有的葉子便掉光了，只剩下一顆果實，再也無法開花。而只有把這顆果實讓金鳥吃了，金鳥才會再次歌唱。只有聽了金鳥的歌聲，金乳牛才會泌乳。只有把金牛的乳汁澆灌在金蘋果樹下，金蘋果樹才能再次開花結果。而金狐狸知道所有祕密，卻沒有人聽得懂牠說的話。只有當這些儀式都被完成，城堡裡的人才會甦醒過來。

騎士說：「想必你就是那隻金狐狸了！首先，要先摘下金蘋果。」狐狸說：「可是，要穿越包圍城堡的荊棘森林，一般人不可能辦得到。我們需要火鳳凰的幫忙，所以要先去鳳凰谷。」騎士說：「事不宜遲，那就請你帶路吧！」

於是，狐狸便領著騎士往森林深處而去。越往深處走，附近的蘼花和仙子圈就越來越多。仙子圈是蕈類在草地上生長所留下的一個圓形記號，人們都說那是仙子們圍著圈跳舞所留下的痕跡。終於，他們來到一個滿坑滿谷都是蘼花，到處布滿巨大蕈類和仙子圈的谷地。在谷地的中央有間小木屋，和一棵結了滿滿紅果實的樹。

狐狸在小木屋上敲門，門內走出一位膚色潔白得幾乎是半透明的女士，渾身發出幽幽的光芒。她看了狐狸和騎士一眼說：「你終於找到可以破除長眠咒的人了。」狐狸說：

「是的，我們是上門來求取鳳凰果的。」仙子便從樹上摘下三顆帶著鱗片的火紅果實，交給騎士說：「辛苦你了，我在破解儀式裡埋下了一個小陷阱，你要當心。祝你幸運。」說完，氣定神閒的將門關上。

於是，狐狸便教騎士在荊棘森林之前，將鳳凰果剖開，會誕生一隻渾身著火的小鳳凰，火鳳凰可以將荊棘燒出一條路來，直到最後才隨著火焰燃燒殆盡，然後牠的靈魂又會重新在鳳凰樹上結果重生。就這樣，燒開荊棘之後，騎士緩緩走進每個人都在沉睡的城堡，在中央花園裡，看到了那棵光禿禿，無法結出第二顆果實的金蘋果樹。於是他摘下了垂掛在樹上的唯一一顆果實，邁向下一座城堡。

他剖開第二顆鳳凰果，燒開荊棘進入第二座城堡，又看到了全城唯一醒著，卻再也無法唱歌的金鳥。騎士正要把蘋果給金鳥吃，狐狸立刻阻止他，表示仙子暗示過，設計了一個陷阱。「你想想，如果現在就把這個城市裡的人喚醒，那國王怎麼可能讓你把金鳥帶走，唱歌給金乳牛聽呢？所以要想辦法讓四座城堡的人都在同樣的時間點醒來，才能互相制衡。」騎士說：「你說得沒錯，我真是太大意了。」所以騎士便帶著金鳥離開，到了第三座城，也用鳳凰之火燒開荊棘，來到飼養著金乳牛的中庭。這次，他也把金乳牛悄悄牽走，而沒有立刻叫醒城堡裡的人。於是，等到他們一起回到金蘋果園，騎士這才把金蘋果餵給金鳥，金鳥吃完非常開心的唱起歌來，金乳牛一聽到金鳥婉轉美妙的歌聲，也就開始泌乳了。

騎士擠出金乳牛的奶水，澆灌在金蘋果樹下。這時樹上突然開始冒出新的枝枒，以非常快的速度長出葉子，很快的就開出一朵一朵的花苞。狐狸說：「等花開完，金蘋果樹就要結果了，我們要在全城醒來之前趕快離開，否則這裡的國王也會貪心的將這些寶物都扣留下來。」

等到他們出城躲進森林裡，金蘋果樹也終於再次結出滿樹的果實，這時金狐狸終於完成任務，魔法解除，變身成為一位王子，四個城堡的人也全都醒了。

原來所謂的金狐狸，並不是真的狐狸，而是一位滿頭金髮，身手敏捷，足智多謀的王子。他總是替國王想出很多計謀，來侵略攻打其他國家，奪取他們的寶物。這個地區會如此紛擾，金狐王子幾乎可以算是主戰者。因此仙子便把他變成一隻狐狸，除非他完成讓所有國家全部醒來的任務，否則無法解除魔法。

王子經歷了這些年的教訓，終於把絕頂聰明用在正確的地方。他鞠躬感謝騎士，並對他承諾，從此以後要居中斡旋，讓各國訂立和平合約，把四國沉睡前那些年的紛紛擾擾都畫下完美的句點。

騎士欣慰的點頭讚許王子的改變，而他自己則又再一次完成了神奇的冒險，也瀟灑的揮揮手，走向下一個旅程。

——原載二〇一四年十二月《國語青少年月刊・少年飛訊・少年故事屋》第二二八期

編委的話

● **柳柏宇：**

這篇故事鋪陳得很好，冒險的情節感覺比較有計畫，不會橫衝直撞，而且故事中要破解任務的連環效應也極具巧思，可惜的是，整篇故事太直接，沒什麼伏筆，要是再拐彎抹角一點就會更好了。

● **游巧筠：**

雖然這篇故事的主角只是普普通通的人類和動物、形容得也很平常，但是我在這篇文章看到，我們應該學習騎士勇於幫助金狐狸的行為，時時去觀察周圍的人有沒有困難、需不需要幫忙，如果別人需要幫忙，我們可以盡力的去幫助他。我還學到「聰明」要用在正確的地方，不要像文中的金狐王子一樣，要把「聰明」用在正確的地方的人才是真正的智者。

● **劉昶佑：**

我覺得這故事是作者為了提倡和平與大方，就像文中的王子一樣，因為聰明用在戰爭，暴力，讓人民生活在水深火熱的地方，是個無能的王子。我認為長眠咒所代表的意義就如同現實中的和平條約一般，讓一切回到原點，只有和平才能在這條約下無憂無慮的生活。

龜島靈蛇／山　鷹

◎ 插畫／劉彤渲

作者簡介

以前是電信工程師，現在是科幻、科普及兒童文學作者。

腦袋瓜裡裝的，都是科學（幻）童話故事，尤其喜愛天文遐想，常夢游於宇宙洪荒。

童話觀

童話是一隻不死鳥，從八歲一直唱到八十八歲。

靈蛇現身

嗨！大家好。

我是龜山島，住在頭城外海。不管是從雪隧來或是從濱海來，遠遠的就會看到我的身影，我住在這裡，已經好幾千萬年了。

不知道從什麼時候開始，我的身旁游來了一條黑蛇，他眼見我的海域平靜無波、風光秀麗，喜歡得不得了，竟然賴著住下來，再也不肯走了。

他是我所見過最怪的海蛇，身體很長很長，遠遠看過去像一條繩索，至今我都不清楚他到底有多長。

最奇怪的是，他的身體每隔一段距離就隆起一大塊，過後又恢復成原狀。原先我以為他是吃了東西正在消化，可是不管時間過了多久，他隆起的部位依舊隆起，一點都沒變化。是腫瘤嗎？從來沒聽過蛇會長腫瘤。而且，哪有可能長了這麼多腫瘤，還能活得好好的。到底是什麼怪蛇啊？

這條身體上長著腫瘤的怪蛇，有時還會發出咻咻的奇怪聲響，好像有東西在他的身體裡面竄來竄去。當我們共同經歷過一些事件成為好朋友後，他告訴我，在他身體裡面流來流去的東西，叫作「電流」，是一種很厲害的武器。他還說，他有更厲害的寶貝。

他說他不是海蛇，身上沒毒，叫我不要動不動喊他怪蛇或靈蛇。

他說他的真正名字是——「海底電纜」。

「海底電纜」是什麼東西啊？好難聽的名字。

我還是喜歡稱呼他靈蛇，靈蛇護龜島，龜島靈蛇，多棒的組合。

偷偷告訴你，如果你見識過他的真本領後，一定會對他佩服得五體投地，他簡直就是一條神蛇。

初顯本領

我的海域非常甜蜜靜美，常常有朋友前來拜訪。

我的朋友阿海是一隻年輕的飛旋海豚，屬於流星家族的一員，他們全家族每年都會定期游來我的海域度假。

他們喜歡互相追逐，跳躍海浪；海豚家族來報到時，都會吟唱悠揚的歌聲，令人心情盪漾。因為有他們在，吸引了很多觀光客前來觀賞，為漁民賺了一筆額外的觀光財。

有一陣子他們躲起來不肯現身，因為他們的天敵，大白鯊也闖進了我的海域。

大白鯊為非作歹令人髮指的惡行，早就惡名在外，所有的魚族對他們都很害怕，只要一聽到大白鯊來了，沒有不趕緊逃之夭夭的。

海豚對大白鯊非常痛恨，大白鯊不僅搶奪他們的食物，對他們更是毫不手軟，常常咬得他們遍體鱗傷，有時甚至奪走了生命。

奈何大白鯊的森森巨齒非常可怕，像鑿子又像鋸子，海豚根本不是對手，只能到處逃避躲藏。

「快來，快來，快躲到我的臂彎裡。」當我遠遠看到大白鯊的背鰭往我的方向游來時，立刻對阿海家族發出警訊，請他們躲在我的臂彎。

但是避一時不能避一世，我雖然可以提供他們安全的避難場所，

卻無法趕走大白鯊，還給阿海家族一個自由自在、放心嬉戲的空間。

為此，我很懊惱，為自己的無能深感抱歉。

「讓我來幫你的朋友一臂之力吧，我可以趕走大白鯊。」當靈蛇知道了我的無奈後，拍著胸脯對我說。

「真的假的？」突然聽到靈蛇這麼說，我大感意外。

「只要請你的朋友把大白鯊引到我的身邊就可以了。」靈蛇口氣堅定，一副信心滿滿的模樣。

「大白鯊的利齒非常可怕哦，你不怕嗎？」

「放心吧，看我的。」

「真的可以嗎？阿海寶貴的生命不能白白犧牲喔。」雖然靈蛇信誓旦旦，我還是很懷疑。

「沒問題啦！相信我。」

當大白鯊被阿海引誘到靈蛇身邊，張開可怕的血盆大口，準備把阿海一口咬碎吞下時，說時遲那時快，一聲巨爆響起，緊接著聞到一股燒焦的味道，大白鯊的身體竟然在靈蛇的身上爆炸成血肉碎片，大白鯊被炸死了。

從此阿海他們又可以悠遊於我的海域，自由自在的玩耍了。

事後我問靈蛇怎麼這麼厲害，如何殺死大白鯊的？

他告訴我說，他的身體內有一道很強很強的高壓電，當大白鯊一口咬下時，立刻被他的高壓電電死了。

哇！沒想到靈蛇本領這麼高強，真是「蛇」不可貌相啊。

一聲又一聲的呼喚

「嗚……嗚……嗚……」

「爸爸……媽媽……你們到底在哪裡啊？」

最近我的海面不是很安靜，不時就會傳來一聲聲悲哀的鳴叫，那是一隻名叫小飛的瓶鼻海豚發出的。

小飛住在我這裡快半年了，半年前他和爸爸媽媽分開以後，就再也沒有見過他們。當時他們正在我這裡快樂遊玩，突然遭到一群虎鯨的攻擊，在逃跑的混亂當中，小飛不幸受傷了，雖然事後他們全家得以重圓，但小飛已無法繼續後面的行程。

小飛的父母不得已，把小飛託給我照顧，並且交代等小飛身體好了，一定會回來帶他。

小飛的傷很快就養好了，每天盼望爸爸媽媽早日回來，可是一直等不到他們。小飛不知道爸媽到底發生了什麼事，每天就是苦苦的等待，越等越心焦，心情越來越苦悶，常常偷偷流眼淚。

「你的爸媽有沒有說，他們的目的地在哪裡？」我想幫助小飛，讓他們一家趕快團圓。

「嗚……嗚，我不記得了……好像是……三個字，其中有一個字和你一樣……也是島。」小飛斷斷續續的說

「哇！這怎麼找？」海洋中的島嶼何止萬千，大島小島，有名字的島，沒名字的島，茫茫大海中，哪裡去找？

「我記得媽媽提過，我們有很多親戚都住在那裡。」小飛哽咽著說：「媽媽說，那裡風和日麗，每天都有七道彩虹掛在天空，是海豚的天堂。」

「嗯，嗯，有特色就比較容易找了。」這是什麼地方啊，我怎麼從來沒聽說過。

我向我的島嶼親戚探聽過，他們都說沒聽過這樣一座島。我也問過鯨鯊，他閱歷豐富，但也說不知道。

雖然我有心幫助，但真的一點都幫不上忙。

天天聽著小飛的哀鳴聲，日子久了，連我也跟著愁眉苦臉起來。

「什麼事情不開心啊？為什麼總是哀聲嘆氣？」靈蛇看我愁眉不展，好心來問。

我把小飛的事情一五一十向他說了。

「嗯，也許我能幫得上忙。」靈蛇回答。

「怎麼幫忙？」聽到靈蛇說可以幫忙，我睜大了眼睛。

「你請小飛寫一張尋親啟事，我幫他傳播到世界各地。也許……很快就可以找到他的爸爸和媽媽。」

「好，我馬上請小飛寫。」

尋親啟事很快就寫好了：

爸爸媽媽，我是小飛，多虧龜島爺爺的照顧，我的傷已經好了。

請你們趕快來接我吧，我好想再跟大家一起旅行。

非常非常想念你們的小飛

事情的變化真的令人大開眼界，教人興奮又震驚。

就在靈蛇幫忙把信函發布出去沒多久，馬上有了消息回報，小飛的爸媽已從彩虹島出發，正往頭城方向趕來。

事後我才知道，這也是靈蛇的超能力之一，叫作「數據傳播」。

經過這一次事件後，靈蛇的大名不脛而走，轟動了整個龜山海域。大家都知道，靈蛇有一身了不起的本事。

這個自稱是海底電纜的怪傢伙，本領真不是蓋的。

可怕的盜賊

我的尾端淺海裡，住著一群珍貴的珊瑚，這件事沒有人知道。

直到有一天——

「啊！這是什麼？」阿勇是一位漁夫，有空時他喜歡到處潛水冒險，「好美麗的珊瑚。」

「這不是難得一見的角星珊瑚嗎？」阿勇發現了我的祕密寶藏，「哇！那邊還有，珊瑚礁耶。」

幸運的阿勇越游越興奮，越看越喜歡：「沒想到龜山島也有珊瑚礁，也住著珊瑚。」阿勇被意外的驚喜沖昏頭了，忘了應該遵守的規則，回程時竟然偷偷挖走一塊珍貴的角星珊瑚，搬回家擺在客廳炫耀。

「哇！好美麗的珊瑚。阿勇，你怎麼有這麼稀奇的珊瑚，哪裡來的？」大海和阿勇是鄰居，常常一起出海捕魚，兩個人是非常要好的朋友。

「噓，小聲點，」阿勇很怕大海把他擁有珊瑚的祕密傳出去，大海是個大聲公兼傳聲筒，「如果你答應不說出去，我才告訴你。」

「沒問題，你說，哪裡弄來的？」

「就在大龜的海底，尾巴那邊。」

「真的？我怎麼不知道？」

「沒騙你，真的就在那裡，我也是意外發現的。」

「那我也要。」

「千萬千萬不要傳出去喔，否則就完了。」

「沒問題。沒問題。」一聽是在龜尾發現的，大海頭也不回，一溜煙似的衝回家，拿起潛水鏡發動船隻立刻往龜尾駛去。

大海話雖這麼說，自從他的客廳也擺出角星珊瑚後，一傳十，十傳百，我的尾巴海域開始變得非常不安寧，來了一堆又一堆偷偷摸摸的盜賊，在我的屁股邊又挖又摳，害我常常生病受傷，結果可想而知了。

「唉，沒想到人類這麼膚淺。不重視環境就算了，還大肆破壞，害我受傷流血……」自從阿勇發現角星珊瑚後，我活得越來越痛苦，「竟然忘了我是他們的守護神，一點都不尊重我。」

對於一些壞蛋的盜採行為，我更是深惡痛絕：「警察應該把他們統統關起來才對。」

「龜兄不要生氣了，生氣既傷身體也無濟於事。」看我氣得七竅生煙，靈蛇拍拍我的肩膀說：「讓我來幫幫你。」

「哦，你要怎麼幫助我？你能抓住盜賊嗎？」我知道靈蛇神通廣大，但整天動也不動和我一樣，真的能夠抓住盜賊嗎？

「抓住盜賊只能治標，不能治本。」靈蛇沉思了一會兒，抬頭對我說：「我有更好的方法，保證可以一勞永逸。」

「什麼辦法可以一勞永逸？趕快說。」聽靈蛇說得這麼自信，引起了我的好奇。

「到時候你就知道了。」

「各位觀眾，這就是我們現在看到的景況。」全球著名的「動物頻道」電視台，正在將龜山海底的珊瑚礁景象，實況轉播到世界各地。

我的海域發現珍貴的珊瑚，本來可以讓臺灣更加聞名中外，不愧寶島的美名。沒想到透過靈蛇的影像傳播，一幕幕看到的，都是盜採後的淒慘下場，東一落，西一落，躺著肢體破碎的珊瑚殘骸，讓人怵目驚心。

「動物頻道」的報導立刻引起大眾的關心，政府部門迅速將我的海域公告為保護區，嚴厲禁止盜採珊瑚，否則刑罰侍候。

在靈蛇的幫助下，我因禍得福，從此不再有人胡作非為，我因此又可以平靜快樂的過日子了。

靈蛇真是神通廣大啊！本領嚇嚇叫，令人佩服得五體投地。

靈蛇告訴我，這個本事叫「全球電視實況轉播」。

龜蛇二將

臺灣又稱福爾摩莎，是個美麗的島嶼。

東北海岸尤其是臺灣的珍寶，就像皇冠上鑲著的珍珠。

東北海岸所以這麼風光秀麗景色迷人，因為有我千萬年來，不眠不休的保護。這裡的人原本憨厚老實，與人無爭。但是隨著科技的進步和外來遊客的影響，情況漸漸變得不一樣了。

雖然我還是一心一意、無怨無悔顧著頭城，守著宜蘭，但已漸感力不從心，左支右絀。

感謝大帝的幫忙，在我即將束手無策時，派遣靈蛇來幫忙，事後我才知道，他就是被召回天庭重新修煉的蛇將。

經過現代科技鍛鍊的蛇將，已能把新武器運用得爐火純青，無論是語音傳送、簡訊傳播，或者電傳視訊，都能飛舞得密不通風，呼呼作響。

接下來應該換我回去修煉了。

等我修煉完成後，我有信心，我們龜蛇二將，一定可以保護宜蘭的福祉，直到萬年安康。

本文榮獲第六屆蘭陽文學獎兒童文學組佳作

編委的話

● **柳柏宇：**

本來以為「靈蛇」是某個神明，結果一看內容卻是一條電纜線，有一種出乎意料的感覺，不過，故事裡的「靈蛇」也會像神靈一樣保護環境，懲罰壞人。現代人都只注重錢，都在無形中破壞生態，這個故事值得我們省思。

●游巧筠：

我覺得這篇文章的作者很厲害，因為他使用的主角是一座島嶼，還是我們熟悉的龜山島，在臺灣附近的島嶼竟然也可以成為一篇文章的主角，真的非常特殊。還有這篇文章也結合了宜蘭的特色，大家都知道龜山島就位於宜蘭旁的大海洋上啊！而且更奇特的是，作者藉由這篇文章中的主角說明了現在科技化所造成的種種影響，但是靈蛇也藉由現代的科技化幫助了龜山島許多忙，只能說每樣東西有好處就有壞處。

●劉昶佑：

我覺得作者的主題放在大自然與人類產物的對話，呈現出一種對比的感覺。誰也沒想到作者居然會把海底電纜寫成蛇。作者也將長年關注的生態保育寫進了文章中，把我們對土地的傷害透過龜山島擬人化之後統統說出來，讓人面對人類不法盜採的行為以及所造成的悲劇。

卷二

嗯，就在身邊找一找

四項帽子 ／林　良

◎ 插畫／劉彤渲

作者簡介

散文作家、兒童文學作家。二〇〇五年於國語日報董事長兼發行人職位退休。一九八四年獲選為中華民國兒童文學學會第一屆理事長。作品《小太陽》獲一九七三年中山文化基金會文藝創作獎。並分別榮獲國家文藝獎兒童文學特別貢獻獎、新聞局金鼎獎終身成就獎、全球華文文學星雲獎特別獎、第十六屆國藝會國家文藝獎等。著有兒童文學創作及翻譯等近二百冊。

童話觀

童話的價值，並不由「寫得熱鬧不熱鬧」來評估。它的價值應該是一種「隱喻」的價值。那價值，應該以是否具有豐富的人情來評估。童話的特質是「純真」，童話世界是一片純真世界——在童話世界裡，「不可能」是不存在的，一般故事所描寫的是一個「人的故事」，童話所描寫的卻不限於「人的社會」。童話反映一個更大的社會——「天地萬物的社會」。

1.

主人家客廳的一角，有一個衣帽架，那是他平日用來掛衣帽的地方。衣帽架的形狀，像一棵冬天的樹，葉子已經落盡，只剩下一些從主幹分出去的枝椏。主幹是筆直的，粗粗的。分出去的枝椏比較短，就用來掛衣帽。

衣服，有主人的風衣和一回家就脫下來的外套。帽子，一共有四頂。

第一頂是高帽筒的圓頂大禮帽，就掛在衣帽架的頂端，是衣帽架最高的地方。這種高帽子，是美國漫畫人物「山姆叔叔」戴的正式禮帽，要跟燕尾服搭配在一起穿戴。主人不是外國人，為什麼要戴這種外國禮帽呢？那是為了結婚。

主人結婚那一年，正流行戴高禮帽。他既然當了新郎，為了配合流行，也為了表示對婚禮的重視，就買了這麼一頂。現在，高禮帽不但掛在衣帽架的最高處，而且也自認是四頂帽子中的老大哥了。

第二頂是一頂有帽簷的呢帽，也叫紳士帽，是男人最常戴的正式帽子，是搭配西服戴的。主人是一個畫家，多次送自己的作品去參加畫展，都遭到原件退回。

有一天，他的作品入選了，這真是一件好事情。畫展開幕那一天，有一個酒會，主人也受邀參加。主人的意思是只要套上一件運動衫，再加上一條牛仔褲，就可以去出席跟貴賓們見面了。主人的太太卻認為不應該這麼隨便，堅持他應該穿西服，並且為他買了這頂紳士帽。

第三頂帽子是一頂鴨嘴帽，因為這種帽子有一個帽舌，形狀很像鴨子的硬嘴。主人小時候是一個棒球迷，不但愛看棒球還加入了球隊。

有一次，他們的球隊跟另外一個少年球隊舉行友誼賽。主人被選拔出來當投手。那次比賽，他們贏了。主人就把那頂投手帽子留下來作紀念。他知道自己畢竟不是一個優秀的運動員，那是他想做卻做不到的。不過，他倒是常常戴著這頂帽子，照照鏡子，臉上擺出一副威風凜凜的樣子，雙眼發出冷冷的寒光。

第四頂帽子是一頂圓圓扁扁的軟帽。這一頂軟帽沒有帽簷，不遮擋視線，雙眼觀察東西很方便。主人是一個畫家，一直想要有一頂戴著畫畫的帽子。

有一次他出去逛街，在一間小百貨店裡發現這一頂帽子。他拿起來試戴，照照鏡子，看到自己的模樣很像蘇格蘭風笛隊的隊員，很神氣，捨不得再脫下來。他對店老闆說：「我跟這頂帽子有緣。我買了。多少錢？」

2.

四頂不同的帽子能夠聚集在同一個衣帽架上是很難得的事情，因此他們也很珍惜這種親密的關係。

其實，高禮帽、紳士帽、鴨嘴帽，都曾經遭遇到差一點就被主人的太太送走的危機。要不是主人的堅持，這三頂帽子早就不能待在這個衣帽架上這麼多年了。

先說高禮帽。有一天，喜愛整潔的太太對主人說：「那頂高禮帽已經過時了。除非是拍電影，現在還有誰戴這種帽子。你一直把它放在那裡接灰塵，也不是辦法。不如讓我拿去那家專門收買舊物的老古董店，看他能出多少錢，便宜賣給他算了。」

主人聽了，連忙搖手說：「不能賣，不能賣。你忘了那是我們兩個的結婚紀念品嗎？我們家並不是小到放不下這一頂帽子。你把它賣了，我拿什麼來紀念當年我們說結婚就結婚的勇氣？我的好太太，這頂高禮帽是紀念品，不是古董，也不是商品。」高禮帽就這樣留下來，而且在衣帽架上有一定的地位，誰也不敢小看它了。

再說那頂為了參加當年畫展開幕酒會買來的紳士帽。這頂帽子買來已經十幾年，但是主人戴它出門只不過一兩次。現在穿西服戴紳士帽出門的人已經很少了。

愛整潔的太太主張找個小紙箱來裝帽子，再把紙箱放在衣櫃的櫃頂，看起來也整齊些。另外，她還有一個想法，就是把這頂紳士帽送給一個劇團。劇團的演員扮演一二十年前的紳士，一定可以派上用場。

可是主人說：「我不贊成把這頂帽子藏起來，也不贊成把它送給劇團。這頂帽子代

表我的繪畫作品有自己的特色，所以才能得到專家的賞識，成為畫展的入選作品。我就是在那個時候對自己有了信心，決定了我一生要走的路。還有，這頂帽子的顏色，還是你幫我選的，難道你忘了嗎？」

主人的幾句話保全了紳士帽的地位，使它能夠一天又一天的，在衣帽架上，有一個屬於自己的地盤。

對了，還有那頂鴨嘴帽。論到四頂帽子的年歲，這頂鴨嘴帽比那頂高禮帽還要老，那是主人還是一個男孩的時候買的。那時候，這個男孩子想做大英雄，成為一個棒球明星。人生有些事情想想是可以的，但是不一定做得到。

主人的身體瘦瘦的，手臂也不那麼強壯有力，怎麼想都不適合當一個使敵人害怕的強投大王。他知道自己的手更適合畫畫，而且可以畫得很好。他放棄了當棒球大王的夢想，選擇了自己做得好的繪畫。他想留下這一頂鴨嘴帽來紀念童年所作的一次重大的選擇。因此當太太建議把這頂鴨嘴帽送給一個小孩玩的時候，他也沒有答應。

3.

這一天，帽子們閒著沒事，就開始談天說地，消磨時間。談著談著，談出了一個話題，就是「主人最喜歡的是哪一頂帽子」。

一向以老大哥自居的高禮帽，主導了這一場討論。他說：「主人常常在晚飯後走進客廳，坐在沙發上呆呆的對著我看，一看就是半天。你們知道為什麼嗎？因為我使他想起結婚以來所過的日子。他們夫妻從來沒吵過架，懂得在快要吵架的時候退讓一步。他們都懂得盡量幫助對方，使對方心存感激。不管怎麼樣，他能這樣痴痴的對著我看，就是他很喜歡我的證明。我敢說，我是他最喜歡的一頂帽子！」

紳士帽不服氣的說：「據我所知道的，主人從來不戴著你這頂帽子照鏡子，因為你的模樣太滑稽了。就憑這一點，你能說你是主人最喜歡的一頂帽子嗎？」

高禮帽說：「我知道你不服氣，因為你一向就是那麼驕傲。這裡還有鴨嘴帽呢，他一直不出聲。我看我們也聽聽他的想法好不好？」

紳士帽說：「聽就聽。反正我認為你絕對不會是主人最喜歡的一頂帽子。」

高禮帽看了鴨嘴帽一眼說：「鴨嘴帽老弟，你也說說看。」

鴨嘴帽說：「主人還是一個小男孩的時候就買下了我。我是一頂小帽子，但是我的年紀並不小，可以算是我們四頂帽子當中最老的一頂。主人一直把我留下來，為的是什麼？為的是喜歡我。所以我覺得主人最喜歡的帽子一定就是我。不管你們同意不同意，我一直就是這麼認為！」

高禮帽嘆了一口氣說：「又是一個不同的意見。好吧，愛怎麼說就怎麼說好了，我想最後總會有一個結論出現。現在只剩軟帽還沒有發表意見。我們一起聽聽他的想法吧——軟帽老弟，該你說了。」

高禮帽的話沒有得到回應。屋裡一片寂靜，軟帽根本不在家，也就是說，根本就沒掛在衣帽架上。

高禮帽抱歉的笑了一笑說：「我忘了。軟帽跟主人還沒有回家。他們已經出去一整天了。想聽聽軟帽的意見，只有等他回來再說了。」

高禮帽說得對，想知道軟帽的意見，就只有等。但是等，有時候也是很辛苦的。高禮帽、紳士帽、鴨嘴帽，三頂帽子苦苦的等著。

不久，鴨嘴帽睏了，先睡著了。接著，紳士帽也等累了，跟鴨嘴帽一樣，也睡著了。醒著的一頂帽子，只剩高禮帽了，他不停的打著呵欠，自言自語說：「主人太太已經在準備晚飯了，主人怎麼還不回來？等一下我一定要好好的問一問，今天他們到底發生了什麼事情。」說著說著，他也睡著了。

4.

高禮帽被軟帽叫醒的時候，天已經黑了。他一睜眼，看見軟帽，就高興的說：「你總算回來了。你知道我等你等多久了嗎？你和主人今天到底發生了什麼事情，怎麼現在才回家？」

　軟帽說：「沒發生什麼事情啊。像平日一樣，我陪主人去他的畫室。他專心畫畫，我沒離開過他的頭頂。他興致很好，畫起畫來把什麼都忘了。要不是看到畫室窗外天色已經昏黑，他根本就沒想到要回家。」

　高禮帽說：「主人這麼喜歡畫畫，畫得這麼高興，難道他不用賺錢養家嗎？」

　軟帽說：「主人畫的是一本書的封面，出版社會給他一些稿費，這不也是賺錢養家嗎？主人說的，他是做他最喜歡的工作來養家。工作雖然辛苦，但是，做自己喜歡的工作卻能給人帶來快樂。這就叫作『工作和興趣結合在一起』。別人只看到他的辛苦，看不到他也很快樂。」

高禮帽急忙阻止軟帽再往下說。他告訴軟帽：「你講的道理很深，我聽不懂。我只想問你一件事。我們這四頂帽子當中，主人最喜歡的是誰。你儘管說實話，不要怕我不高興。」

軟帽說：「你想知道這個答案做什麼？這個答案很重要嗎？」

高禮帽說：「很重要。主人日子過得這麼幸福，是因為有一個好太太，我能使主人想到他的美滿婚姻，所以他最喜歡的帽子應該是我。你說對不對，我等著你的答案，因為我想得到你的支持。」

軟帽說：「你代表主人美滿的婚姻。紳士帽代表主人繪畫的成就。鴨嘴帽代表主人童年的夢想。我這頂軟帽，代表主人今天的工作和興趣。主人對我們四頂帽子，應該都很喜歡才對。

「如果你一定要區分誰是他的『最喜歡』，那麼，就看明天早上好了。主人總是要出門的，你只要看他戴哪一頂帽子出門，你就可以知道，這一天主人最喜歡哪一頂帽子。你說是不是這樣？」

5.

經過一夜的寂靜，天亮了——

主人吃過早餐，隨手抓起衣帽架子上的軟帽，往頭上一戴，就到他的畫室工作去了。他雖然並不知道帽子們的爭論，卻不知不覺的給出了答案。

——原載二〇一四年四月一～四日《國語日報・故事版》

本文收錄於《大師說故事：是誰在說悄悄話》國語日報出版

編委的話

●柳柏宇：

作者的取材真是特別，竟然是以帽子來當主角，這是一般人想不到的。人都是一個時期一個時期的過，難免會汰舊換新，帽子也是一樣，所以，那三頂帽子就不用因為失寵而傷心了。

●游巧筠：

這篇故事很有趣，作者把帽子擬人化了，帽子會說話、互相比較……，但是其他角色還是我們常見的人類，如果換成其他的物品，文章可能會變得更豐富。如果工作和興趣結合在一起，就會給人帶來快樂和幸福，就算這個工作再怎麼辛苦、薪水再怎麼少，只要是自己的興趣，一定能樂此不疲。有的事情如果說白話一點，其實是會被誤會的，有時候可以選擇用比較沒有那麼直接的句子，去和別人說你要表達的事情。

劉昶佑：

作者的取材方面非常有趣，竟然是帽子，除了把帽子當作文章主角之外，還把他擬人化了，這樣的寫作手法真是令人覺得新奇。故事中那三頂帽子趁著主人不在的時候，一直爭寵，你來我往，互不相讓。但是結果最受寵的竟然不是他們，而是主人常戴去作畫的那頂軟帽，這還真是有點諷刺啊！心想這是表達儘管曾經對自己來說很重要的一項代表物，也還是會有更重要的東西所取代吧！

陳文發／攝影

房子國的眾生圖／張曉風

◎ 插畫／蘇力卡

作者簡介

筆名曉風、桑科、可叵，寫作以散文創作為主。曾獲中山文藝散文獎、國家文藝獎、吳三連文學獎，並獲選十大傑出女青年。執教五十年，目前為「搶救國文教育聯盟」副召集人。

童話觀

有些事，成人不喜歡讓小孩知道，例如人世中的死亡和離散，我卻覺得讓他們淺嘗一下也不錯。又有些事，成人希望小孩早早認清真相，擺脱什麼天使、小精靈或會説話的花草樹木，我反覺得讓他們一直相信也挺好。

小街上有一排大學宿舍，這些房子都是三十年前蓋的，蓋來給學生住。只是每逢寒暑假學生就回家了，等到開學日學生回來，往往便是這些房子最快樂的時刻了。

今天，十一號二樓這間房子便充滿喜悅。昨天房東已來打掃過，今天，他又來整理一下。

「人要住房子，房子也要人住。」房東太太常這樣說。

房東先生一走進來就立刻開了窗。

「喂，快點抓些風進來吧！」說話的是門老大，「好久都沒吹過風了！」

咦？怎麼連門也會說話？哈，這你就不知道了，原來所有的房子都會說話，只是我們人類聽不到罷了（當然啦，有些房子只會唉哼，那是因為當初蓋得不好，現在不免腰酸背痛）。

「你是說我嗎？」窗子問。

「不是你還有誰？難道我要叫電燈去抓風嗎？」門的口氣顯然不太高興。

窗不敢頂嘴，趕緊抓進了一股涼風。

這時刻房東太太又把另一面牆上的窗子也開了，這扇窗比較聰明，不等老大吩咐立刻就自己抓了風。

電燈平時在白天常是懶洋洋的，現在卻也說話了：

「門老大呀，你要罵窗就罵窗，不要來帶上我，我是不會抓風的，可是，這也不能

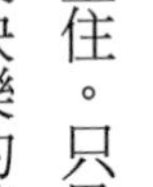

算我的缺點呀，難道你會發光發亮嗎？」

原來每間房子裡面的每樣東西都會說話，而且，每個房間都有一位是「老大」，至於誰來作老大，倒也沒有一定，有時是牆，有時是屋頂，有時是地板，有時是壁櫃，很偶然的有時也會是鏡子。

奇怪，難道鏡子不可作「老大」嗎？對，一般而言，是不行的。作老大的必須「不是後來才進駐房間」的東西，而是「本來就長在房子裡的」。所以，窗子可以作老大，窗簾不可以，地板可以作老大，地板上的花盆不可以，牆壁可以作老大，牆壁上的油畫不可以，天花板可以，天花板上的吊扇不可以。道理在哪裡？喔，原來可以拆得走的都算「暫時的」，「暫時的」就沒資格作老大了。不過，為什麼說偶然連鏡子也會去作老大呢？鏡子不管是掛在牆上的或放在桌面上的或站在地上的，明明都是可以隨時搬走的呀！它們憑什麼作老大呢？

事情是這樣的，原來呀，原來我們說的那面鏡子是個例外，他已經活了三百年了，他是清朝的老古董了，當年曾祖母的曾祖母結婚的時候從唐山陪嫁過來的，檀香木的鏡架，雕工又細又美，這麼多年以後，那木頭不但沒顯舊，反而更見幽光潤澤。那鏡台既然比房子還老得多，大家都一致同意那間屋子的老大就是鏡子了。

好，現在回到我們這間房子，兩扇窗子服從老大抓了一股涼風進門，氣氛馬上不一樣了。

房東先生和房東太太讓風一吹，十分愉悅，便彼此說：

「啊呀，這真是一間好房子，又亮堂又有風，住在這裡真是有福氣。『高腳的』和『大頭的』一定會喜歡它。」

「高腳的」和「大頭的」是「眼鏡的」介紹來的新學弟，「眼鏡的」很喜歡這間房，他和「大塊的」兩人一住就住了四年，可惜他們都畢業了。

門也幫腔，說：

「一定的！一定的！」

「這有什麼稀奇，」床說，他

是一架兩層的鐵床，「到了開學，房子自然就有人住啊！」

「也不見得，現在有些大學招不滿學生，房子也就沒人住啦！」說話的是書櫃，這書櫃有點怪，他是牆上的三層凹槽，沒放書的時候像個「三」字，也像天主教的神龕。

「沒人住也好啊！」電扇說，「否則把我成天轉來轉去，轉得我頭都昏了！」

「啊喲，輪不到你嘆氣吧！」冷氣機說，「真正累的是我啊！我才是大家急著要打開的機器啊！」

「呀！呀！呀！你們都忘了剛才那口風是靠我引進來的自然風吶！」窗子嘟嘟噥噥地分辯。

「什麼話，我當然也有功勞，」冷氣機不服氣。「只是我很久沒開了，也沒人來給我洗濾網，門窗一時也沒關，才熱成那樣。」

「大家都要記得一件事，就是，房子必須有人住，沒人住的房子很可憐，他們注定凋零破敗。所以，我們一定要努力，把自己昇華成一間好房子，這樣對住的人好，對我們自己也好！總之，人要有房子住，房子呢，要有人住！這是房東太太說的！」

「你平常不是叫我們說話都不要大聲嗎？」桌上的小台燈說話了，「怎麼你現在卻講那麼大聲——而且還愈講愈大聲！」

看來這間「房子國」的體制十分民主，「老大」隨時都準備著「被修理」，不過

「老大」也很硬，他立刻正色說：

「此一時也，彼一時也。哼，我現在大聲說話是可以的，因為房東先生房東太太都跑去吃午飯了，我們大聲講話他們是聽不到的。但，如果他們在，我們當然要小心，別看他們人類自以為自己多了不起，他們其實膽子小得要命，聽不得一點怪聲音，看不得一點怪現象。否則，他們就會嚇得大叫——

「鬼呀！鬼呀！有鬼呀！——」

他們就是這樣叫的呀！其實，什麼鬼不鬼，他們自己才是鬼——膽小鬼！」接話的是一盆花，她長得十分嬌豔，她的名字叫非洲鳳仙，她們錯綜排起來有二十棵，種在一個一百公分長三十公分寬的大花盆裡。嚴格地說，她應該不算房子國的國民，因為她被掛在窗外。可是她開的花，房間裡的人是看得一清二楚的，所以，房間裡的傢伙都願意承認她的國籍。她自己呢，則把自己看成「僑民」。畢竟，主人是先買了花盆，又去買了土和花苗，把她種好，又在窗外牆上為她預備了鐵架，然後才搬出去的——所以，這盆花的正確出生地點應該就是房子國。

現在是夏天，花開得豔紅一片，房子國的國民想不看到她也難。但同樣在門外長廊上，另有一個垃圾桶，大家卻不太理他。他不但沒有「被選舉權」，連「選舉權」也沒有，換句話說，他不算房子國的一員。當然啦，如果大家太惹他生氣，他也會大吼幾聲的，例如：

「唉！倒楣呀，怎麼今天塞了我這麼多發霉的麵包呀！」

其實，他並不是罵房子國的成員，他是罵人類，但人類聽不懂他的話，所以他只能說給房子國的朋友聽。房子國的人一般不太理他，因為隔著牆，根本看他不到，也不太感覺他的存在，更不太同情他的難題。但大家卻都知道一件事，那就是，凡房子國的成員，特別其中個子長得小的，如鬧鐘、如筆、如紙杯、如藥瓶、如梳子、如雜誌、如茶包、如燈泡，甚至如女朋友的照片，只要一旦沒有用，就立刻會丟進「門口垃圾桶」。他們對這隻桶既陌生又熟悉，有時又不免有幾分敬畏。至於大型家具如床、如桌子，雖然也會被丟棄，但不會丟在垃圾桶裡。

這桶倒是和花盆中的非洲鳳仙談得來，順便要說明一下，這鳳仙雖有二十棵，開的花至少有兩百朵，但她說起話來卻有點像大合唱，全然只有一個聲音，絕不會一人一個調，把人聽糊塗。

最醜的垃圾桶自認為是最美的「非洲鳳仙」的朋友（他的發音不太好，說「非洲鳳仙」四個字對他有點困難，所以他就把好朋友的名字簡化為「非鳳仙」，好在大家都聽懂了），所以，此刻他就非常捧場地大聲狂笑起來：

「哈——哈——哈，哈——哈——哈！」

整個暑假，肚裡沒裝垃圾，空空洞洞的，笑起來回聲特別大。

「笑那麼大聲幹嘛？」門老大因為靠垃圾桶近，被他的大聲嚇了一跳。

「哎呀，你貴人多忘事，剛才不是你說此一時也彼一時也嗎？趁著房東還沒回來，我們不妨大聲一點，何況這位非鳳仙小姐，她真是戲劇天才呢，她學人類怕鬼的叫聲，真是喊得悽慘凌厲，維妙維肖啊！」

垃圾桶說話文裡文氣的，他自認讀多了報紙，是個很有文化的知識份子。跟房子裡的那些傢伙並不一樣。

「替非洲鳳仙捧場也不必笑得那麼大聲啦！」門老大也不想把事扯大，於是見好就收，「非洲鳳仙小姐，你學人類，學得還真像呢，實在是個戲劇天才啊！」

「也不能太罵人類，」說話的是書架，他因為是崁在牆壁裡的凹槽書架，所以也算「永久居民」類，也就是可以「被選為老大」的那種階級，說起話來也特別威風，「畢竟要記得，我們是為人類存在的，如果我們成天東牆『吱吱嘎嘎』，西窗『欽欽匡匡』，人類會自以為住在危樓裡，日子可不好過呢！」說起這書格子，是設計師葉先生的得意作品，這棟房子是葉先生三十二年前所設計的，後來凡他設計的房子他私下都給他們取個名字，叫「有生命的房子」，於是私下就有「生命房之1」「生命房之2」「生命房之3」……。生命房各有各的特色，但卻都有一個書龕，據說這是因為葉建築師當年留學西班牙的緣故，那裡的人喜歡在泥牆上挖洞，放燭台，或放聖母。當然，也有人說這個設計是中國自己早就有的，千佛洞裡也是在岩壁上挖小龕洞的。

「好吧，總而言之，小聲說話比較好，畢竟我們作房子的是要保護人類的，不是要嚇人類的，等他們不在的時候，我們才能大聲說話。」門老大作了結論。

「我很好奇，老大，」說話的是筆筒，「你常說，一間好房子不單應該要保護人類，也應該要來教育人類，我們哪有那麼大的本事啊！」

「對啊，對啊，我也不敢相信，我們都是人類造的，人類造的東西憑什麼反過來敢去教育人類呢？」

接腔的是一把紫砂壺，在學生宿舍裡，他算得上是一件「貴重物品」了，價值大約四千元。他是去年住的那個房客「眼鏡的」的女朋友送的生日禮物。不過，後來他們分手了。於是，這個尷尬的禮物就奇怪地站在桌上，那男生沒有帶他走，那女生也沒來收回。根據經驗，後任房客也未必有興趣用他，大家都有點「有意忽略他的存在」。因為他看來比「暫時性的台燈或吹風機」更不確定，他隨時會消失。那個愛喝好茶的風雅女孩其實很可愛，她泡的茶芬芳四溢，她來的時候總會帶來一室茶香，大家都很喜歡她，但她脾氣也很大，發起狠來罵得人血淋淋的，所以，如果有一天她跑來把這把紫砂壺摔個粉碎，大家也不會意外。

紫砂壺知道大家都不看好他，但他仍然自尊自重，他想，嗯，我是一支泡過好茶的茶壺，我不跟他們計較。

「咳！你說的不錯。」門老大為了強調自己言論的權威性，有時會特別咳嗽一聲，「我們都是人造的東西，但要知道人跟人是不同的，這世界上有七十億人口呢！有些聰明的人很厲害，他們會造出又漂亮又實用又有意義的東西，這些東西就可以去教育其他幼小的或比較笨的人。像你，茶壺，你就是一個很優秀的師傅做出來的優秀產品，你看你的顏色，你的造型，都是那麼好呢！像你，你就有資格教育人類啊！」

「哎呀，來了，來了，他們來了，房東夫婦把那個『高腳的』和『大頭的』帶回來了！」垃圾桶一向極愛表現，房子國的人也必須接受他，因為他站在外廊上總是可以先看到些東西，「你們想許願的就好好許個願吧，我先來說，我希望他們不要把什麼東西都塞給我，像橘子皮香蕉皮就可以挖坑埋起來，剩菜呢，就該等下一頓飯吃下去。」

其實，也無所謂第一個許願，因為大家一聽說有人要來住了，立刻七嘴八舌各說各話起來，據說，此刻許的願會特別靈驗。

「希望有人靠在我窗邊看風景。」

「希望有人給我澆點水！」

「希望他們該上床的時候就要上床，該起床的時候就要起床。」

「希望他們用好書把我填滿，而且要常常翻來看。」

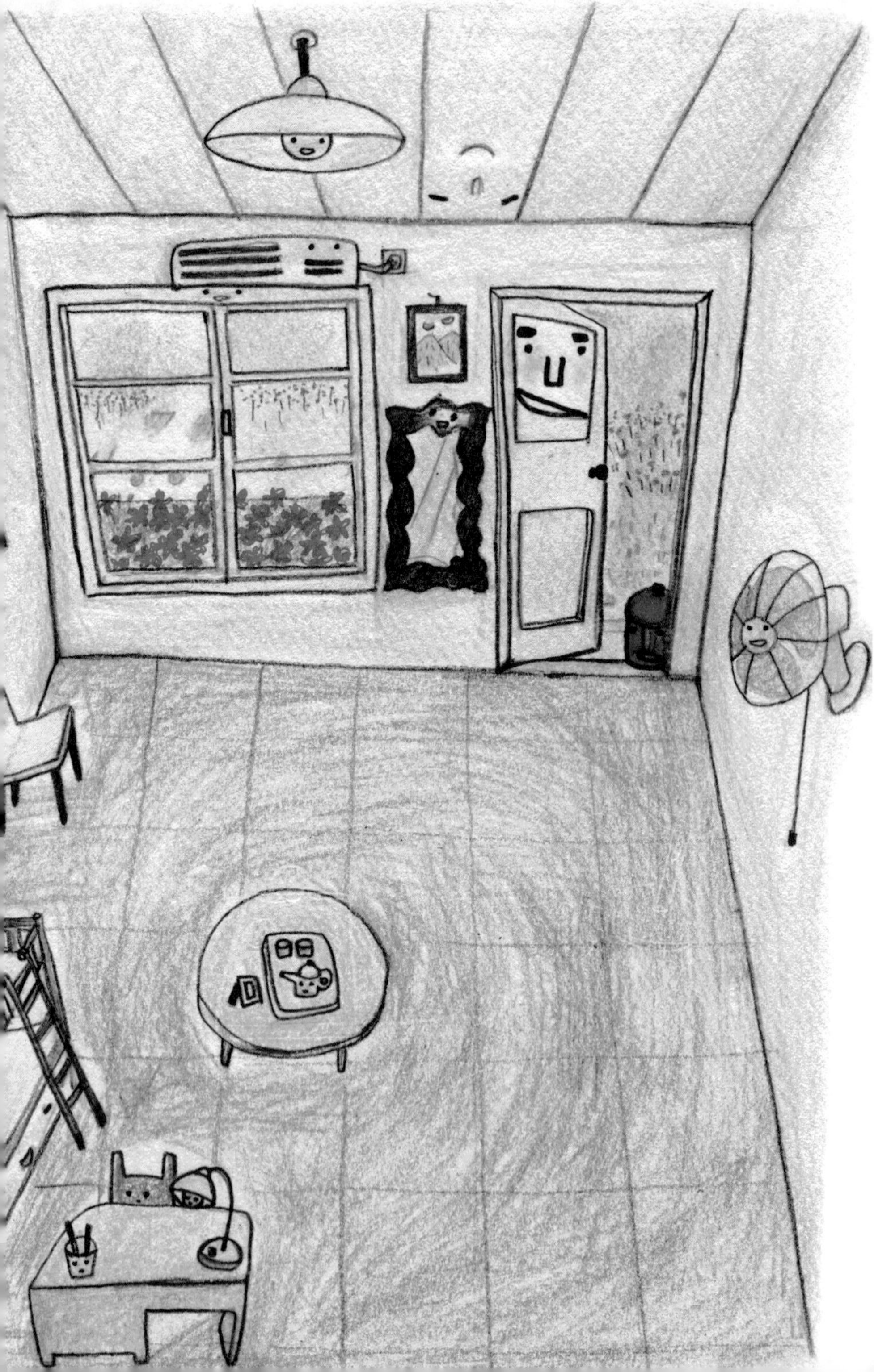

「希望他們常把我洗乾淨。」說話的是床單。

「希望有人用我泡好茶——而且安靜欣賞。」

「希望有人躺在床上，楞楞的望著我發呆——」

「咦，天花板，你這是什麼怪願望啊？望著你發呆又有什麼出息？」冷氣機笑道。

「人生也要留點白啊！望著白白的天花板發呆，其實是可以體會許多人生的——」

「高腳的」進來了，大家一時安靜下來，其實，只是安靜，至於許願，他們還是各自在悄悄陳述的。

「『眼鏡的』跟我說」，高腳的說，「我們應該叫這間房子作房子哥，他三十歲了，我們才十九，它是一間好房子，我們一定會從它學到一些好東西的！」

房子國一下充滿了寧謐的喜悅，因為覺得碰到知己了，風靜靜吹過來，花，一言不發地紅著。

——原載二〇一四年四月七～十日《國語日報・故事版》

編委的話

●柳柏宇：

作者的取材真是太奇特了，竟然是房子裡的各種物品，內容真是生動有趣。是誰當老大的標準也很特別，竟然是只有本來屬於屋內的物品才可以當老大。這篇故事非常好看，且不會枯燥乏味，結尾也結束得強而有力，所以，我認為這是一篇很好的文章。

●游巧筠：

我們一般人絕對都想不到要用房子裡的家具當作故事裡的角色，也沒想過有人會有這樣奇妙的想法，這篇文章的作者想像力竟然超越了一般人，想到要用房子中的家具作為故事中的角色，真的很特別。每一個人、每一個東西都有自己的特色、自己的功能，不要小看自己，其實大家都有自己的特色，不要常常去羨慕別人會什麼、自己不會什麼，只要細心的想想，自己其實也有很多專長。

●劉昶佑：

這個故事取材自我們一般人寫故事時想都沒想過的主角——房子，因為這類的題材是比較接近我們生活中，比較接近現實，比較難想像成人，所以我覺得作者非常厲害。作者運用了擬人的寫法，使裡面的主角，角色都活靈活現，並且賦予了人類的情感，使整篇文章更加貼近我們一般人的生活方式。

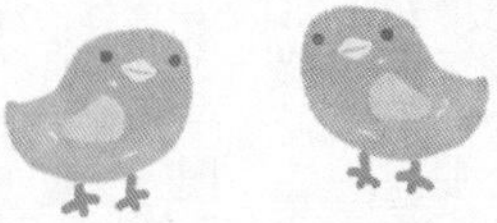

森林裡的廣播電台／吳燈山

◎ 插畫／卡森・OAOstudio

作者簡介

一九五四年生，臺灣雲林人。國立高雄師大國文系畢業，現專事寫作。曾獲海峽兩岸徵文童話獎、上海少年報小百花獎、高雄市文藝獎兒童文學類等。著有《歡樂綠森林》等八十餘冊。

童話觀

凡是具有趣味，童心洋溢的童話，都是好作品。「童話花園」不該只綻放一種花朵，最好是百花齊放。

森林裡所有的動物都知道，麻雀太太是座廣播電台，心裡藏不住任何祕密，整天到處串門子說長道短的。不過，大家喜歡聽八卦消息，因此，麻雀太太還是受到歡迎。

可憐的是麻雀先生，他幾乎不敢出門，怕朋友向他求證八卦消息，因此他的朋友越來越少。

待在家裡的麻雀先生孤單極了，每天還得忍受太太的「強力廣播」。有一天，他的耳朵被轟得嗡嗡作響，痛得要命，只好去找貓頭鷹法官告狀。

「我要告我太太……傷害罪，她害我的耳朵……痛死了！」麻雀先生急促的說。

「不要急，慢慢把事情講清楚。」貓頭鷹法官說。

麻雀先生看見法官鼓勵的眼神，就把心裡藏了很久的委屈，從麻雀太太的長舌，一直到她引來的麻煩，以及一個身受其害沒有朋友的可憐丈夫，完完整整的講了一遍。最後，麻雀先生哽咽的說：「法官大人，我以後的日子將是永恆的黑夜嗎？」

貓頭鷹法官安慰他：「不，白天、黑夜輪流替換，只是你目前身在黑夜中罷了。」

「如果我還有白天，法官大人能早一天幫我喚來嗎？」麻雀先生懇切的說。

貓頭鷹法官沉思一下，拿起筆寫了幾個字，然後說：「這是一張請帖，回去拿給你太太。剛好明天是假日，我請她吃個便飯。」

隔天靠近中午時，一輛車把麻雀太太載到一棟別墅去。貓頭鷹法官站在大門口歡迎她。麻雀太太不好意思的說：「今天讓你破費了。」

「一點也不，我告訴你一個祕密，」貓頭鷹法官神祕兮兮的說：「妳可不要告訴別人。我家院子裡種了許多食物樹，想吃什麼，只要去樹上摘就行了。」

「嗄？」麻雀太太睜大眼睛，一副不相信的神情。

他們走進大門，剛來到庭院，就聞到一陣撲鼻的香味。

「這是香腸樹。」貓頭鷹法官介紹說。啊！樹上掛著一條條的香腸，又紅又香！

「這是烤魚樹。」貓頭鷹法官介紹另一棵樹。哇！這棵樹上掛著一條條的烤魚，香味四溢！

此外，還有蛋糕樹、巧克力樹……以及飲料樹；飲料樹上掛著一杯杯口味不同的飲料。

麻雀太太驚訝極了。「法官大人，這些食物樹你是從哪裡買來種的？」

「這又是一個祕密。有一天我去森林旅行，無意中救了一位小仙童，他送給我幾顆奇異的種子，回家後我就種出這些神奇樹來了。」

「我還有一個大祕密。」貓頭鷹法官叫來一隻母貓和三隻小貓，說：「他們是我的家人，我太太和三個可愛的孩子。」

那天的每件事，對麻雀太太來說都太震撼了！就是用一

生一世，怕也講不膩。一回到家，她就迫不及待的對丈夫講這些祕密；隔天又到處去廣播。

可是這次，她越是費力的講，聽眾越是意態闌珊，甚至掉頭離去。因為他們認為麻雀太太腦筋可能有問題，盡講一些不可能的事；再說，大家都知道貓頭鷹法官是個單身漢，哪會有貓太太和三個貓小孩！

經過這次事件以後，麻雀太太開始學會把祕密藏在心裡，不再當廣播電台了。

——原載二〇一四年五月七日《國語日報．故事版》

編委的話

● **柳柏宇：**

作者運用了麻雀吱吱喳喳的叫聲來形容她是廣播電台，整篇故事運用了常見的擬人法來讓故事更生動。

● **游巧筠：**

我覺得這位作者的想像力真的很豐富，把廣播電台比喻成一直傳播消息的麻雀太太，因為她就像廣播電台一樣傳播訊息給大家。我也覺得貓頭鷹法官很厲害，他利用間接的方式讓麻雀太太把這個亂傳播消息的壞習慣給改掉，麻雀太太也學會開始把祕密藏在自己的心裡面。作者把麻雀先生和麻雀太太對比，一個很愛到處串門子；一個則都不大出門，來顯示麻雀太太的「強力廣播」。

● **劉昶佑：**

做了一件「好事」跟一件好管閒事的「好事」是無法相提並論的。其實文中的麻雀太太就是在比喻一些好管閒事的人，也就是我們常說的三姑六婆。但是大家有沒有想過一位好管閒事的人一開始的心態會不會是因為想要幫助別人，做一件好事罷了呢？只不過為什麼會變成這樣呢？就是因為她太想要去幫助別人而已吧！

垃圾車找聲音／岑澎維

◎ 插畫／李月玲

作者簡介

臺東大學兒童文學研究所畢業。曾獲國語日報牧笛獎、陳國政兒童文學獎、南瀛文學獎、文建會臺灣文學獎、好書大家讀年度最佳讀物等獎。出版有《大家說孔子》、《找不到國小》、《八卦森林》、《溼巴答王國》等二十餘本書。

童話觀

當讀者是幸福的，當創作者是快樂的。我只是過不慣茶來伸手、飯來張口的幸福，喜歡與一個點子纏鬥、廝殺一個下午，再來看看結果如何。創作的人，求的就是這一點點的樂趣。

1. 失去聲音的車

「●●●……」

垃圾車清了清嗓子、順了順喉嚨，仍然叫不出聲音。

中秋節剛過，難道是這一陣子垃圾太多、工作量太大，才累得連聲音都沙啞了。

不對不對，「沙啞」是還發得出聲音來，垃圾車現在一點聲音都沒有，比「沙啞」還糟。

「我的聲音呢？」垃圾車很著急。

看起來，垃圾車的病情嚴重，因為他連一點點聲音都發不出來。

雖然病了，垃圾車還是得工作，不能休息；他一休息，就會有滿街抱怨的聲音傳來，比過年的鞭炮聲還要吵。

可是啊，一輛沒有聲音的垃圾車，引來的抱怨聲更加刺耳：

「怎麼不出聲啊，這樣誰知道你來了！」

垃圾車頭痛、喉嚨痛外加耳朵痛，但他還是要拖著沉重的身軀，速度放得很慢很慢。

很慢很慢，他要等街上的人發現他，然後大聲叫嚷著：

「垃圾車來啦！」

「垃圾車來啦！」

街坊鄰居立刻忙成一團，提著垃圾出來倒。

「來來來，我來幫幫你！」左邊的鄰居，幫助右邊的鄰居。

「快快快，快送上車去。」樓下的阿姨幫助樓上的小弟。

垃圾車無聲無息的出現，讓整條街忙翻了，不過垃圾車心裡好感激、好感激。

「垃圾車，你這樣怎麼行，這樣會世界大亂的！」在醫院門口休息的救護車，看垃圾車這樣收垃圾，他也搖搖頭。

垃圾車一句話也說不出來，因為他的聲音不見了。

「這樣吧，讓我來救救你。」天底下最好心的車，就是救護車。受傷的人、生病的人、急著要生孩子的人，他永遠是飛奔而去，哪裡需要他，他就在哪裡。

好心腸的救護車，毫不猶豫的把自己的聲音交給垃圾車。

「我的聲音，你先拿去用吧。」

「哦哇——哦哇——哦哇——」垃圾車正要拒絕，發出的聲音已經變成這樣。

這是怎麼回事？垃圾車有聲音了！但這聲音安在垃圾車身上怪怪的，就像是公雞

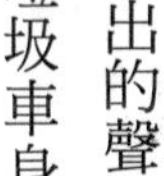

叫著：「汪！汪！汪！」、貓咪叫著：「啾！啾！啾——」、綿羊叫著：「呱呱呱！」一樣，怪得很離譜。

怪是怪，垃圾車有了聲音，卻是一路順暢沒有阻擋。

「發生了什麼事啊？救護車怎麼叫個不停？」

救護車的聲音，讓人心驚膽顫，讓人心慌意亂。好奇的居民，走出來看看，看到底發生了什麼事？

但是，每個人一看有垃圾

車，急忙又回家把垃圾拿出來倒。

「垃圾車什麼時候換了這個聲音？」

「大概是前陣子沒聲音，去看醫生，醫生就把救護車的聲音開給他了。」

「也許是這樣吧，但這聲音也太恐怖了。」

居民一邊倒垃圾，一邊猜想發生什麼事了。

垃圾車打起精神奔跑，他想多做運動，讓自己的聲音快點恢復。

2. 心腸最好的車

救護車沒了聲音，也是件麻煩的事。

受傷的人不知道救護車來了，路上的車輛也不知道要讓路，引來不少抱怨。

誰叫救護車有一副好心腸，寧可自己挨罵，也要救助別人。

和救護車一直是好拍檔的消防車，看救護車每天挨罵，忍不住說話：

「兄弟，你不該把自己的聲音送出去，你看看，現在沒了聲音怎麼救人？」

「好兄弟，你又不是不知道，我們救護車怎麼能『見死不救』？別人的痛苦就是我們的痛苦哇！」

「你就是這副好心腸，難怪會當救護車。」

「你不也是有一副好心腸，才能當消防車的？」

「我看這樣吧，你的工作忙，不能沒有聲音。我的聲音跟你的很像，你先拿去用吧！」

「這怎麼行？你才說我亂幫忙，怎麼你也把聲音給我，這樣你要怎麼出任務？」

「誰叫你是我的兄弟？來吧！」

就這樣，救護車帶著消防車「喔——喔——」波浪一般的聲音，出門工作去了。

這聲音讓救護車暢行無阻，他又恢復往日的速度，路上的車輛，都自動讓出一條路，救護車就能順利通過。

失去聲音的消防車，天天在消防隊裡祈禱，他祈禱國泰民安，不要有天災人害，還祈禱火神像睡美人一樣，睡個長長的覺，不要起來鬧。

也許是消防車的祈禱發生作用，這段時間火災真的減少很多呢！

垃圾車每天在大街小巷找他的聲音，垃圾車心裡想：也許我並不是生病了，而是聲音掉在什麼地方，他自己也沒有發現。

有一天，垃圾車看見消防車飛奔而過，卻一點聲音也沒有，心裡覺得很奇怪，立刻追了上去想問個究竟。可是，他的腳力差了一點，沒有追上消防車。

「消防車的聲音怎麼也不見了？難道是有什麼東西專門在偷聲音？」

垃圾車不知道消防車把聲音給了救護車。

「我一定要找出偷聲音的賊！」

垃圾車只能看著消防車跑遠了，心裡這麼想。

「喂——你的聲音呢？」

警車追上消防車，他覺得不對勁，消防車怎麼沒有聲音呀！

「我的聲音讓我兄弟拿去用了。」原本就紅著臉的消防車，說著說著臉變得更紅了。

警車往前看去，衝在最前面的救護車，正頂著消防車「喔————喔————」的聲音，跑得好快好快。

救人是不能等的，救護車完全不在乎自己叫成什麼樣子，在災難現場，他總是跑第一。

警車看看前面、看看消防車，緊急的時刻他作出一個重要的決定：「救人要緊，消防車，你不能沒有聲音！」

說著，警車把自己的聲音給消防車，讓他去執行任務。

「咻—咻—咻—咻—咻！」

和以前那悠長的聲音比起來，警車的聲音讓消防車覺得輕快了起來，他加快速度，向前飛奔。

「咻—咻—！」

有了警車的聲音，消防車快速抵達火災現場，及時撲滅一場無情火。

沒有聲音的警車，雖然有頭頂上的閃光可用，但是要加快速度追擊壞人時，無聲的警車，只好滿頭大汗、一身狼狽的跑著。

「怎麼不叫出聲音來？怕嚇到壞人嗎？」人們看著警車跑得這麼快，卻一點聲音也沒有，心裡很納悶。

垃圾車完全不知道，自己的聲音不見了，竟惹出這麼多麻煩。

3. 個性霸道的車

說起威風、身價、地位、大小，那是沒有任何車敢在火車面前炫耀的。

火車自認是世界上最尊貴的車種，不管什麼車，都要在平交道前恭恭敬敬的禮讓，等火車先通過再說。

火車向來對自己的身分滿意極了，但卻對自己的聲音並不滿意。那沙啞蒼老的「嗚——嗚——嗚——」，幾百年來都沒有改變，跟他那一身貴族氣息和火爆性格完全搭不上調。他沒有別的聲音可以選擇，只好任這低沉的聲音繼續附在他那高貴的身軀上。

機會終於來了，這一天，火車在平交道上，看見執行勤務的警車，頭頂上的警示燈閃個不停，但是他完全沒了聲音！

「喂——警車，你的聲音到哪裡去了？」

就在那一瞬間，火車讓自己那野馬嘶鳴般的聲音，像斷了線的風箏一樣，順著風飛了出去，聲音就不偏不倚的落在平交道前，那正在等火車的警車身上。

「嗚——嗚——嗚——」

等警車回過神的時候，他已經叫著「嗚——嗚——嗚——」的聲音了。

「嗚——，等一等，嗚——」

警車要把聲音還給火車，火車已經跑得無影無蹤，警車恨不得能爬上鐵軌去追火車。

警車有千百個不願意，也只能帶著火車低沉的聲音上路。除非他找到一輛沒有聲音的車，才能把這聲音送給人家，但是誰又會要這又悶又重的聲音？

警車帶著這樣的聲音，反而害得街上交通大打結，趕火車的人以為火車已經進站了，慌慌張張衝過紅綠燈，鬧出不少交通糾紛；不趕火車的人以為平交道近了，四處張望的時候，不小心就撞上電線桿，疼得哇哇大叫。

街上的計程車、私家轎車、工程車，甚至連機車、腳踏車都有，都在嘲笑警車：

「你怎麼叫出這種聲音啊？」

火車擺脫陳年老舊的「嗚嗚」聲，就可以去找一個自己喜歡的聲音了！霸道又任性的火車，在一個平交道上，把正在等待的舞龍舞獅隊伍，他們那熱情有勁的聲音奪走。

火車根本就是用「順手牽羊」的方式，把「鏘鏘咚咚」強烈節奏帶走，安在自己身上。

現在，火車對自己滿意極了：尊貴的地位、傲人的速度、喧天的氣勢。

「這才是真正的完美！」

4. 一團混亂的世界

讓我們看看這個混亂的世界——

垃圾車帶著救護車的「哦哇——哦哇——哦哇——」四處收垃圾；救護車用著消防

車波浪的「喔————喔————」聲，奔波救人；消防車頂著警車短促有力的「咻—咻—咻—咻—咻！」執行任務。

警車呢？警車緊閉著嘴不敢張開，但有時候還是不小心洩漏了「嗚——嗚——」的聲音；而火車，火車那重金屬的聲音，更是像一隻瘋狂搖滾的飛龍呼嘯而過……

在混亂與忙碌的日子裡，人們忙得連垃圾都沒有時間倒，哪裡還有時間去管垃圾車怎麼叫、警車怎麼追小偷、火車怎麼聲勢浩大的出巡。

垃圾車完全不知道，這世界被他弄得一團混亂。垃圾車一直沒有放棄希望，穿梭在大街小巷的時候，他一定會豎起耳朵，他相信他的聲音只是躲在哪個角落，或是被哪個「聲音賊」偷走了，他一定要找出來。

熱鬧的農曆年即將來臨，人們拿出大堆的垃圾，好像要把家裡的東西全搬出來給垃圾車進補。垃圾車尷尬的「哦哇——哦哇——哦哇——」叫著，載送一批又一批的垃圾到垃圾場去。

忙碌又寒冷的除夕夜，趕火車的、腸胃不舒服的、塞在車陣中的……，人們忙、車更忙，不管什麼車都忙著出任務；只有垃圾車最悠閒，他不必拖著高亢的「哦哇——哦哇——哦哇——」一聲，去大街小巷收垃圾，他可以好好休息，放一個長長的年假。

大年初一的晚上，人們歡樂團聚的時候，垃圾車孤孤單單的看著滿天煙火，他試著輕輕的、小力的，他想看看這麼多天沒有發聲，原來的聲音是不是回來了。

「喔嗚——」

怎麼會是這種聲音？他立刻閉上嘴，這奇怪的叫聲吵醒老黑狗，老黑狗在暗黑之中，生氣的發出警告：「嗯——」

垃圾車再也不敢亂試了，但是他知道，他的聲音沒有回來。

怎麼辦？

「我的聲音到底在哪裡？」

在這個團圓的時刻，垃圾車更加想念他的聲音。他的聲音是所有「車種」裡，最好聽的。而現在，聲音到哪裡去了？四周傳來的都是歡樂的聲音，垃圾車卻覺得很難過。

帶著難過的心情，垃圾車靜靜聆聽、靜靜分析，那些歡樂的聲音裡，有沒有他的聲音？

假期結束了，工作的第一天，垃圾車又帶著不是他的聲音，開始工作。

他像過去一樣，接住每一袋垃圾，再把滿滿的垃圾送到焚化爐去。

過年期間，焚化爐沒有停止工作，慢慢把滿坑滿谷的垃圾吞滅。

經過長長的年假，焚化爐消化了不少垃圾，原本又高又滿的垃圾，已經降低了許多。

就在垃圾車倒著開進垃圾槽，正要把車斗傾斜，好讓垃圾像溜滑梯一樣，滑進垃圾槽的時候，垃圾車聽到一個熟悉的聲音傳來。

那聲音細微而悅耳：

「噹噹噹——噹，噹噹噹……」

「我不是在做夢吧？」

「是我的聲音！」垃圾車忘了接下來該做什麼，他像和失散已久的親人重逢那樣，又驚又喜，又愛又怕。

「哪裡傳來的？」

垃圾車靜下心來聽，那聲音他再熟悉不過了，正從垃圾槽裡，一陣一陣冒出來。

「原來你在這裡！」垃圾車又驚又喜。

垃圾車再也不動了，他在等自己的聲音回到身上。垃圾車的聲音，在垃圾堆裡不停的傳送出來，好像在呼喊垃圾車。

可是，垃圾車身上又有了另外一個聲音，原來的聲音，根本就沒有辦法回到垃圾車身上啊！

5. 讓聲音找主人

原來是有一次，垃圾車倒完最後一趟垃圾，一不小心就把自己的聲音倒進垃圾槽去了，回程的路他不必出聲，就沒有發現這件事。他的聲音就這樣被一次又一次的垃圾覆蓋住，悶在裡面，漸漸聽不見了。

現在，經過長長的年假，垃圾被消化得剩下不多了，垃圾車的聲音才能像種子發芽一樣，從垃圾堆裡鑽了出來。

垃圾車終於找到自己的聲音了！但是現在，聲音還是不能回到自己身上。

垃圾車知道，一輛車，可以沒有聲音，但是不能同時有兩種聲音。這是他們「車類」的規矩，「車類」要遵守的規矩可不少呢，如果不守規矩，世界一定會大亂，而且會造成很大的傷害。

「我先去把聲音還給救護車！」

垃圾車在關鍵時刻，作出這樣的決定。

「我不能把救護車的聲音丟在這裡，帶著自己的聲音離開！」

垃圾車匆匆忙忙離開，他要把聲音還給救護車之後，再回來帶走原來的聲音。

垃圾車好不容易在醫院門口，找到正在接送病患的救護車。緊急之中，救護車只告

訴垃圾車，他必須把聲音先還給消防車。

消防車願意接回自己的聲音，但是他必須把聲音還給警車。

警車樂意收回自己的聲音，但是，火車怎麼願意領回自己的聲音？

過去，在鐵路和公路平行的地方，警車好幾次追著火車跑，警車都在跟火車談這件事，但是火車根本不想理他，因為火車太喜歡現在那強而有力的聲音了。

垃圾車好著急，每天都在問救護車，準備好了沒有。

最煩的是警車，那甩也甩不掉的聲音，他實在不敢用。他更不能不守規矩，直接把自己的聲音接回來，因為他是警車，警車怎麼能不守規矩？

直到有一天，舞龍舞獅的隊伍終於受不了那沒有聲音的表演了，決定去把自己的聲音找回來。他們搭上火車，說什麼也要把聲音要回來。

長長的巨龍在車廂裡盤旋徘徊，獅子在車廂裡穿梭尋找，敲鑼打鼓就是要讓聲音找到主人。終於，火車那震耳欲聾的強力節奏，像小嬰兒聞到媽媽身上的味道一樣，立刻脫離火車，緊緊依附著這個隊伍。

舞龍舞獅的隊伍下車的時候，鑼鼓喧天的聲音，就隨著他們一起下車，任火車再怎麼大呼小叫，也叫不出聲音來了。

「嗚——嗚——」的警車，這時候再次跟火車平行，警車看見沉靜無聲的火車經過，知道這是最好時機，算準了時間，把聲音丟還給了火車。

現在，事情好辦多了，警車去找回自己的聲音，消防車也順利收回自己的聲音。當垃圾車終於把自己的聲音找回來的時候，他快樂得打起轉來。

「這才是我呀！」少了這樣的聲音，垃圾車覺得自己根本不是自己。

「所有的問題都是我惹出來的，下次我一定要小心啊！千萬不能再把自己的聲音弄丟了。」

現在，他帶著充滿自信的聲音，四處播放、四處收垃圾。

「啊，好久沒聽到這聲音了，真是好聽！」

每個居民出來倒垃圾的時候，都這麼說。

「是啊，以前還不覺得垃圾車的聲音好聽，現在才知道，這聲音不只美妙，還是我們生活中，最重要的聲音哪！」

垃圾車聽到人們的讚美，收起垃圾更加賣力了。

——原載二〇一四年七月《未來少年》第四十四期

編委的話

●柳柏宇：

真是有趣，車子還可以交換聲音，不過，交換一下，世界就大亂了，垃圾車的聲音變成救護車的聲音，救護車的聲音變成消防車的聲音，消防車的聲音變成警車的聲音，警車的聲音變成火車的聲音，如果我住在那裡我大概會瘋掉吧！這個故事的主旨是，要留意自己有什麼東西不見或忘了拿。作者的取材是垃圾車，一般大家都不會留意垃圾車的聲音有什麼用，可是聲音要是真的沒了，那才叫作可怕呢！

●游巧筠：

我覺得這篇文章很有趣，作者把各式各樣的車子當作此篇文章的主角，每一輛車子的叫聲就像是人們講話的聲音，而且故事中的車子都願意把自己的聲音借給同伴用，寧願自己沒聲音，也要讓同伴有聲音，這種精神確實值得我們學習。這篇故事裡描述的聲音也形容得很生動，就好像身歷其境一樣。作者把車子當作成一個人，就好像在呼應，人也要像車子一樣，不要常常被電子產品給困住了。

●劉昶佑：

作者運用了車子們的特性而串連成一篇故事，真是一件不容易的事情。並且把文章寫的超級順，一點都感覺不到有哪裡怪怪的，而且作者把文中的角色擬人化的時候，還給了角色們差異有點大的情感，有活潑頑皮的，有盡忠職守的，還有老實憨厚等等不同的性格，真是別出心裁。

不斷水的彩色筆／張英珉

◎ 插畫／卡森・OAOstudio

作者簡介

臺藝大應媒所 MFA，目前是一個小孩的爸爸，四本書的作者，幾部影片的劇本創作者，正努力書寫，期盼能創造出各種可能性。

童話觀

寫了幾年，童話觀一直都沒改變過，那就是：小孩看了開心快樂，被娛樂到；能領略一些什麼，有學習到。如此，身為一個大人以及一個作者的身分，就功德圓滿了。

沒想到，其實這想法一直影響我全部的創作路線。

誰也沒想到，熊爸爸竟然送給熊小弟一枝「不斷水的彩色筆」。熊爸爸微笑看向熊小弟。「呵呵，你才剛上小學，送你一枝黑色彩色筆學寫字囉！」

「哇，謝謝爸爸！」熊小弟高興又興奮的摸著那枝「不斷水」的彩色筆，筆身相當光滑，指尖握緊的地方有著橡膠表面，筆身上面有著許多熊小弟看不懂的數字資料，熊小弟興奮地將耳朵貼著筆，聽見裡面運作的嘶嘶聲音；熊小弟瞇著眼睛在暗處看著筆，就能發現這枝筆會發出細微的電流光線，真的看來相當科技呢！他趕緊追問著爸爸。「爸，這枝筆真的可以不斷水嗎，可是為什麼可以不斷水呢……難道……是魔法嗎？」

熊爸爸戴上研發工程師最愛戴的運動帽，穿上襯衫準備要去上班，出門前，熊爸爸邊穿運動鞋邊說。

「哈哈，這枝筆不是什麼魔法啦，這是一枝利用空氣濕度來製造筆水的高科技筆喔，想像一下，有一台縮得很小的除濕機裝在一枝筆裡面，一直從空氣中凝結水份給筆管，然後這枝筆也不是永遠寫不斷啦，它是利用濃縮顏料，將五千枝筆的黑色顏料都濃縮在一枝筆裡面，所以寫完五千枝筆的筆水，它還是會沒水啦！」

「什麼，五千枝，好酷喔！」熊小弟聽爸爸說了很多複雜的說明，興奮的拿著筆。

「我要用它來畫出好多圖，我要將筆水寫光光！」

從那天起，熊小弟拿著不斷水的彩色筆開始畫圖，可是問題來了，同學在美術課的時候，拿出了十二色、二十四色、三十六色，甚至四十八色的各種類型彩色筆、色鉛筆、粉蠟筆，可是熊小弟手上的那枝寫不完的筆，卻只有一種黑色，比起來真的好單調，好簡單。

「爸，我……我可以有別種顏色嗎？」熊小弟嘟著嘴巴看著爸爸。「我不想要只有黑色……」

「不行喔，雖然不斷水系列有出到二十四色……」熊爸爸摸摸熊小弟的頭。「可是你才學寫字而已，根本不用彩色啊，要好好的把這枝筆的筆水用光，才能買新的喔！」

「是喔……」

熊小弟看著同學快樂的運用各種顏色，他有些無奈，拿著筆在紙上塗鴉時想著，反正怎麼畫也畫不完，他乾脆用力畫，他拿了一張白紙畫了一條蛇，但是畫到蛇的身體時，反正筆怎麼也畫不完，那乾脆把蛇的身體畫長一點好了，熊小弟便拿了好幾張紙替蛇畫身體，沒想到愈畫愈長，停不下來。

「這是什麼啊？」斑馬老師皺著眉頭看著那些紙，才發現原來這些塗鴉要組合起來，才能發現這十張紙其實是在畫一條很長很長的蛇。「哪有這麼長的蛇啦！」

圍觀的同學們看到都笑成一團。

下一次畫畫課，熊小弟畫出一隻鼻子有十幾倍長的大象，惹得同學們看了哈哈大笑，要跑到好遠的地方才能知道這圖畫的大象鼻子有多長。

再下一次，熊小弟畫出了一隻脖子有一百倍長的長頸鹿，他把筆記本的紙張都畫光了，好多同學站在屋頂上，看著操場上這枝畫出來的長頸鹿脖子有多長。

「哇，下次要畫什麼嗎？」雖然沒有繽紛色彩，但是同學全都好奇看著熊小弟，想知道他接下來到底要畫什麼樣的圖。但是當大家都圍繞著熊小弟，看著他手上的白紙時，熊小弟卻開始緊張起來，看著眾多圍繞的好奇眼神，反而一筆都畫不出來。

熊小弟看著手上這枝寫不完的黑色彩色筆，他還是好想要彩色筆。

「怎麼啦。」這天晚上，熊爸爸看著熊小弟，又摸摸熊小弟的頭。「為什麼心情不好？」

熊爸爸有些疑惑，直到他偷看熊小弟在書包中的筆記本，發現裡面有著滿滿的塗鴉，這才讓熊爸爸驚訝。

「天啊，我給你不斷水的筆，不是要你浪費這些墨水啊！」

「爸，這不是浪費啦！」熊小弟聽了，看著筆記本很難過。

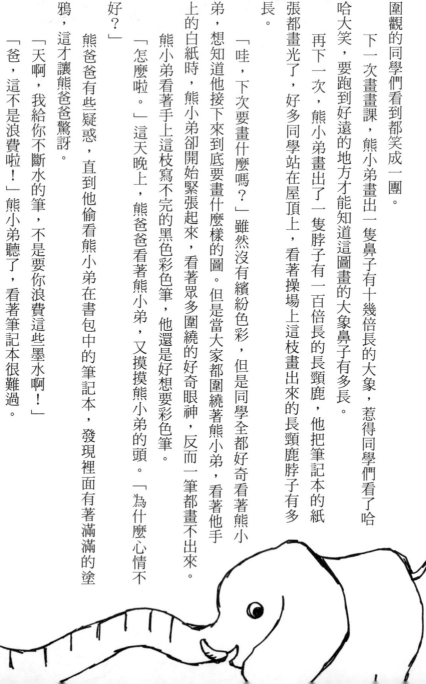

「明明就是浪費，這枝筆是用來給你寫字的好不好！」

這天晚上熊小弟挨罵了，熊小弟坐在書桌前看著這枝不斷水的彩色筆，想把筆丟出窗戶，從此再也不想看到它，但是握著這枝筆，卻又捨不得放棄畫畫的感覺。

好吧，那就最後一次了，他要把這些筆的墨水用光！熊小弟於是拿著筆，開始每天用它在屋頂、雨棚、陽台上塗著，一開始大家都不知道他在幹嘛，直到幾天之後，熊小弟畫到別人家的屋頂上時，屋主浣熊先生聽到了頭上傳來的腳步聲，以為是小偷而緊張報警。

「怎麼可以塗鴉塗到別人家屋頂上呢！」熊爸爸趕緊來警察局接熊小弟回家，熊小弟嘟著嘴賭氣，不想回答爸爸，只是當熊爸爸帶著熊小弟回到家的時候，門外面竟然出現了好多電視與報紙的記者，一看到熊小弟和熊爸爸趕緊按下照相機，閃光燈不斷閃起。

「你看你，幹了什麼好事，大家都知道了，好事不出門，壞事傳千里！」熊爸爸生氣看著熊小弟，這時候，狐狸狗女士趕緊跑向前來，將麥克風伸向熊爸爸的面前笑著問起。

「天啊，熊熊一家人，你們變成了全世界名人了，請問你們有什麼感想啊！」

「什麼名人？」熊爸爸看著麥克風，搞不清楚狀況，直到狐狸狗記者拿了一張照片

出來。

原來，熊小弟在整個社區的屋頂上塗黑，很近的地方看不出來，但是在外太空中，正在太空漫步修理太空船的貓太空人眼中，那些屋頂上的塗黑卻成了一個小小的圖型：「字。」

「這是什麼啊！」貓太空人修完太空船，趕緊打衛星電話傳回地球，說遙遠的小鎮竟然出現了一個「字」，到底是誰做出來的，太奇特了。

「為什麼會寫『字』呢？」火鶴記者上前來問熊小弟，熊小弟聳聳肩膀，嘻嘻笑了一聲。

熊爸爸瞪大眼，不可思議地看著照片中，從外太空看到的「字」，他才突然了解發生了什麼事，不好意思地看向熊小弟。

「偶像簽名！」好多小朋友擠到記者前面，拿出筆記本要熊小弟簽名，熊小弟不好意思地將黑筆拿出來。只是要簽名時才發現，原來這枝「不斷水」的筆水竟然畫完了！熊小弟一看，終於高興地舉起筆，對著天空大喊一聲：「喔耶！」

本文榮獲一〇三年桃園縣兒童文學獎童話組第一名

編委的話

柳柏宇：

沒想到他們國家的科技已經進展到這種地步，可以研發出一枝不斷水的彩色筆，熊小弟也太神奇了，竟然連五千枝彩色筆濃縮的「不斷水的彩色筆」也畫得完，真是太厲害了。

游巧筠：

我覺得這篇故事很奇妙，一開始我還想說怎麼會有不斷水的彩色筆呢，心情就像熊小弟一樣，還好熊爸爸後來有說是由五千枝筆的水結合在一起。我還覺得作者很厲害，這枝不斷水的彩色筆相當接近現在的科技時代，貼近我們的生活環境，讓我們比較可以想像文中的情境。

劉昶佑：

我覺得這個故事透露出一種喜新厭舊的感覺，就像剛開始熊小弟拿到彩色筆的時候簡直只能用開心來形容了，但是到了後面一點，由於彩色筆只有一種顏色，見到了其他同學的筆有別的顏色，所以也開始想換新的，這不是正說明了現代我們常犯的一種毛病嗎？就拿手機來說好了，例如受到眾人喜愛的蘋果，從iphone到現在的iphone 6 plus 經過這樣的演變，除了看到科技與時代的進步，也看到現在人們的要求與慾望也愈來愈大，但是經過這樣的進步只會讓剛開始的東西被遺忘罷了。作者的寫作手法也很高竿，因為文中一開始熊爸爸要熊小弟學寫字，但是故事最後的「字」卻與故事的字差了十萬八千里呢！

卷三

喔，有件事情要做好

神秘屋任務／李瓊瑤

◎ 插畫／李月玲

作者簡介

目前於小學任教，在照顧一雙可愛的兒女之餘，把握珍貴的零星時間創作。

童話觀

希望每個孩子看完故事後，都能露出開心的微笑。

最近在森林深處新蓋了一棟豪華木屋，木屋主人是一隻從機場退役的緝毒犬——米格魯爺爺。米格魯爺爺為國家操勞大半生，槍林彈雨、出生入死的，所以拿到一筆豐厚的退休金，在這個風景秀麗的地方，蓋了棟木屋安享晚年。

可是，米格魯爺爺沒有老婆、小孩，也沒有朋友、鄰居。他怕以前抓過的壞人來找他報復，所以在木屋周圍架起電網，還安裝了最先進的保全系統，沒有任何小動物能夠接進木屋。因為木屋總是靜悄悄的，很少有人接近，所以小動物們私底下替木屋取了個綽號，就叫「神祕屋」。

米格魯爺爺的退休生活真的很悠閒。他常常望著天上的白雲發呆，看著眼前的落葉飄過，數著地上草皮的螞蟻，然後嘆一口氣，再從天上的白雲看起。

一成不變的日子，就在日升月落中悄悄渡過，神祕屋在孤單寂寞中，是越來越神祕了……。

「唉呀！我的球！」幾隻調皮的小松鼠，毫無預期的出現在神祕屋門口。

這些松鼠寶寶拿著栗子當足球，正在神祕屋周圍玩著，誰知「足球」一飛竟飛進神祕屋中。

米格魯爺爺沒料到有動物會靠近，直覺反應就是大喝一聲：「是誰？別鬼鬼祟祟的，出來！」

四隻小松鼠全都撲簌簌的發著抖，怯怯的靠近神祕屋。「對不起，我們不小心靠得太近，栗子才會飛進神祕屋，下次不敢了。」

米格魯爺爺低頭一看，是可愛的松鼠寶寶，連忙放低音量：「別緊張，爺爺幫你們把栗子找回來。」

米格魯爺爺雖然退休了，鼻子還是很靈，隨便嗅一嗅，就在草叢中找到隱身的栗子。

「謝謝你，爺爺。以後我們會更小心。」拿回栗子的小松鼠，開心的和同伴離開了。

幾天後，正當米格魯爺爺數螞蟻數到第一千零一隻時，松鼠寶寶又來了。

「爺爺，對不起，再次打擾您。」松鼠寶寶牽著一隻小白兔，不好意思的說：「小兔兔自己把紅蘿蔔藏到不見了，你可以幫她找找嗎？」

小白兔有好幾個家，米格魯爺爺一個洞一個洞的聞，終於在第五個洞裡找到不見的紅蘿蔔。

小白兔抱著紅蘿蔔，感激的對米格魯爺爺說：「幸好有您協助，否則我就要餓肚子了。」

又幾天後，小白兔帶著著急的猴媽媽來找米格魯爺爺。

「爺爺，猴媽媽剛出生不久的寶寶走失了，你可以幫她找一找嗎？」

正在打盹的米格魯爺爺一聽，立刻緊張的跳起來。「這可是嚴重的大事，不快點找就危險了。」

米格魯爺爺先聞聞猴媽媽身上的味道，然後循著味道開始追蹤。他們經過橡樹步道、山泉瀑布、大石廣場，最後在白千層的樹洞裡，發現了睡得正香的猴寶貝。

著急了許久的猴媽媽，輕輕的抱起睡夢中的孩子，用臉頰摩娑著他，說：「以後別再這樣嚇媽媽了。」

完成任務的米格魯爺爺，心滿意足的回到神祕屋，繼續看著白雲、樹葉和螞蟻。但他不知道的是……

森林的另一端，許多小動物正圍在一起開會。

「喂，米格魯爺爺好像又開始無聊了，我們下一次的神祕屋任務要派誰去好呢？」

小豬熱心的舉起手：「我去、我去。我可以先把松露吃掉，然後假裝它被偷了。」小松鼠的眼神在每隻動物身上掃過。

好，如此一來，米格魯爺爺下次的任務難度大增，他應該會很開心吧。

——原載二〇一四年五月十七日《國語日報・故事版》

編委的話

●柳柏宇：

作者取材方面非常特別，雖然用動物當主角非常普通，但是，作者用的是緝毒犬，這樣不但能引發讀者的興趣，還可以比別的故事更突出。

●游巧筠：

這篇文章真的出乎我的意料之外，文章一開始小動物們製造出來的意外大家都以為是真的，但是其實是他們要給爺爺的神祕任務。而且這篇文章的篇名〈神祕屋任務〉一聽就感覺真的很神祕，想看看這篇文章的內容。

●劉昶佑：

作者的寫作手法很高竿，他在文章中的最後埋下了一個伏筆。剛開始作者寫出了一些小動物們遇到了困難，去請求米格魯爺爺幫忙解決問題。最後，動物們居然召開會議，討論下一次的神祕屋任務該派誰去，這裡就明確的表示，其實小動物是故意去請米格魯爺爺幫忙的，這樣就可以發揮米格魯爺爺的專長。我想是因為他們希望米格魯爺爺認為自己依舊寶刀未老，可以繼續造福社會。可是小豬給的任務要把已經吃下肚的松露找出來，這似乎太困難了，而且找松露好像才是豬的強項吧！

劍獅的超級任務／王昭偉

◎ 插畫／劉彤渲

作者簡介

在冷冷的寒夜裡出生，在《天方夜譚》的陪伴下長大。直到一個春暖花開的日子，才發現毫無拘束的童話靈魂一直潛藏在心中，於是動筆寫下了這個故事，從讀者變成了作者。

童話觀

童話是最優雅的旋律，能在心湖蕩漾出最美的漣漪；童話是母親的搖籃曲，是天下最溫柔的聲音。

劍獅從「夢」裡醒來，眼前盡是一片漆黑的夜。

夢？神仙也會做夢？也許只是一長串的回憶罷了！

揉揉惺忪的睡眼，一個熟悉的身影從身邊掠過……

沒錯！是夢差，夜裡總是挨家挨戶忙著送「夢」。「夢」裝在一袋袋包裝好的「夢包」裡，然後精準的被投入到收夢人的腦海中。

這些年來，總在一旁觀看夢差送夢的劍獅，早就已經能從夢包的外包裝，辨識出哪一袋裝的是好夢，而哪一袋裝的是惡夢。

但是這幾天，夢差的行為異於往常。以往的夢差會把夢包送到一個都不剩，但是接連幾天，夢差都刻意保留了一個夢包，這是怎麼一回事啊？

劍獅禁不起好奇心的驅使，快步追了上去……

夢差一下子飛上了天，劍獅緊追在後，轉瞬間從安平港旁的小巷子飛到了市區裡的大醫院。

「兩地相隔這麼遠，這裡應該已經是另一位夢差的送夢區了！為何安平的夢差要越區送夢呢？」越來越多的疑問在劍獅的心中打轉。

「夢差！夢差！」劍獅說：「怎麼不把夢包送完，卻跑來這裡呢？」

夢差嚇了一跳，定神後回頭一看，原來是老朋友——劍獅。

「因為這所醫院裡，住了一位生重病的老婆婆，她總是不停的在做著惡夢。我們附近幾個送夢區的夢差試著送一些好夢給她，讓她不要總是深陷在惡夢之中，但是卻都失敗了！因為她的惡夢占據了腦海，所以不論我們試圖送入什麼樣的好夢，她都無法收到。」說完後，夢差飛到病床旁，將今天的夢包放在老婆婆的額頭上，試著將夢包裡的夢傳入老婆婆的腦海裡。

咚！夢包掉落地面，今天的好夢又被無情的拒絕了！

「好強烈的惡夢啊！」夢差撿起掉落在地面的夢包，深深的嘆了一口氣！

「除非我們能終結她的惡夢，否則再多的好夢也都枉費了！」

「惡夢無法被終止嗎？」對於夢差的無奈，劍獅有些心急。

「這……其實是有方法的，只是非常的危險，所以沒有夢差願意幫這樣的忙。」夢差嘆了口氣無助的表示。

「什麼樣的方法啊？」

「必須有人願意進入到老婆婆的夢境裡，幫她改變不斷重複出現的惡夢夢境，讓夢朝向好的方向發展。

「只是……如果老婆婆突然間醒了，而在夢裡的人若是來不及逃出來，就會永遠陷入在那個夢境裡。」

劍獅有些猶豫，他想起了從前的歲月：那場和鄭成功部將們一起將荷蘭人逐離的大戰，是自己勇氣的象徵；之後為地方百姓祈福鎮邪，則是戰後新的職責。只是隨著戰爭的遠去，百姓生活逐漸好轉，人們已經漸漸淡忘了劍獅曾經扮演過的角色。

「幫助眼前的這位老婆婆，也許是自己下一個重要的任務！」劍獅這樣想著。

「讓我進入到老婆婆的夢裡，幫她改變那個可怕的惡夢吧！」這一次劍獅下定了決心，決定給自己一個具有挑戰性的新任務。

看著劍獅堅定的眼神，夢差也不再猶豫了，直接從口袋裡掏出一雙「入夢靴」，遞給一旁的劍獅。

「右腳跺地三下是進入夢境；左腳跺地三下則是離開夢境。」夢差告訴劍獅入夢靴的使用方法。

「千萬要在她醒來前離開夢境喔！」夢差再次提醒劍獅。

劍獅深深的吸了一口氣，然後右腳連續跺地三下，接著「咻」的一聲被吸入了夢境。

霧，好濃的霧縈繞在身旁，讓劍獅不知身處何處……

不一會兒濃霧漸散，劍獅發現自己獨自一人站在街道旁。環顧周遭，一切是那麼的熟悉，再定眼一瞧，竟是自己再熟悉不過的安平街道。

一陣急促的救護車鳴笛聲由遠而近，劍獅急忙東張西望，想要知道到底發生了什麼事？卻驚見夢境在這一刻突然轉變——自己不知何時已站在陌生人家的庭院裡。

屋裡傳來了大人的爭執聲和小男孩的哭鬧聲，劍獅想要靠近聽個清楚，卻看見一個年輕男子拉著一個小男孩的手，氣呼呼的走了出來，而那小男孩的左手還包著紗布，意圖要掙脫大人的手。緊接著一位上了年紀的婦人追了出來……

劍獅一眼就認出這位婦人是老婆婆，雖然夢裡的老婆婆，不像病床上的她那樣的滿臉病容，但也是極為憔悴。

劍獅向前走了幾步，想聽聽兩人彼此間的談話，卻發現四周背景逐漸模糊。

「糟了！夢境開始要崩潰了！」劍獅急忙左腳一連跺地三下。

「咻」的一聲，劍獅及時從夢境裡彈了出來，差點沒站穩而跌了一跤。從夢境歸來的劍獅和在一旁等候的夢差，看著即將甦醒的老婆婆，決定先離開醫院。

不久後他們來到了公園，劍獅把夢境裡看見的事情告訴了夢差，希望能從夢差這裡得到一些有用的建議。

「問問土地公吧！這裡大大小小的事，問他準沒錯！」

夢差拿出了上星期天庭才新配發的手機，打了一通電話給土地公……

土地公在手機的另一頭這樣說道：「三年前老婆婆的外孫因為一時貪玩，趁老婆婆

不注意時溜到巷口，卻不小心滑了一跤，造成左手骨折，被救護車緊急送到醫院急救。小男孩出院後，就被爸媽帶走了，從此老婆婆再也不曾見到過自己的外孫。她不知道外孫的傷是否已經痊癒，更不知道他現在過得如何。」

從土地公那裡聽到這樣的消息，讓劍獅和夢差終於明白老婆婆為何總是深陷在這樣的惡夢之中。

「能打聽到小男孩的下落嗎？」劍獅急忙追問。

「這恐怕有困難！你難道忘了前些日子，天庭才剛頒布了一系列新的規則，不是相關職責的神仙，不能再運用天庭的資源來查詢或協助凡人。」

「唉！不但裝備變了，制度也改了……」劍獅看了看夢差手中新配發的手機，心裡想著：「三百多年來，不但人間變化快速，天庭也變遷不少！」

「只要我們庇佑百姓的心不變，這樣就足夠了！」

「其實還有個好方法，也許能幫上忙。最近夢工廠研發出一種新法寶——夢境連接器。這個法寶可以將兩個人的夢境相連結。我立刻帶你到我們的夢工廠，看看這個法寶能不能幫上忙？」夢差突然想起了新的辦法。

在夢差的帶領下，劍獅滿懷希望的飛往夢工廠。

夢工廠好夢幻，工廠的中央有一座七彩噴泉，噴泉噴出來的七彩泉水，被導引進入到一整排正在生產著各式夢包的製夢機裡。

「原來各式各樣的夢包是這樣生產出來的！」劍獅好訝異。

夢工廠的廠長是夢婆，她是一位慈祥的老婆婆。夢差見了夢婆，兩人緊緊抱在一起，好像是久未見面的親人。

「婆婆，我好想念您！」夢差依偎在夢婆身旁，就像個小娃娃般撒嬌。

「三十年前我和婆婆在這裡手工灌製夢包，過著形影不離的生活，可是後來隨著人間人口的增加，夢包的需求量大增，手工灌製夢包逐漸產量不足，所以天庭研發出了製夢機，我的工作就被製夢機取代了。不久，新的指派令下來，我就成了安平區的夢差。」夢差回憶起往事，不禁嘆了一口氣。

「婆婆，我和劍獅想要向您借夢境連接器，用來幫助一位生了重病的老婆婆……」夢差將老婆婆的事向夢婆述說了一次。

夢境連接器是兩面相鄰的魔鏡，而在兩面魔鏡之間，是由一台中央控制器相連接著。藉著中央控制器的控制，可以選擇要將哪兩人的夢境相連結。

在夢婆的指導下，劍獅將老婆婆住的醫院名稱和住院床號全部輸入中央控制器之後，左邊的魔鏡逐漸出現了畫面……，唉！老婆婆又做著相同的惡夢了！

老婆婆的夢境被找到了，那麼小孫子的夢境又該如何尋找呢？劍獅和夢差可不知道他的地址和姓名。

還好夢境連接器功能齊全，中央控制器有一個「最常夢見的人」這一個按鈕。劍獅立刻按了下去……

右邊的另一面魔鏡，這時也逐漸出現了畫面……

茂密的森林裡，一個小男孩驚慌失措的向前奔跑著，似乎有什麼可怕的東西正在追著他。突然，小男孩躲到大樹的後面，畏縮成一團，然後開始哭喊著：「外婆，您在哪裡？我好害怕！」

「沒錯！他就是老婆婆的外孫。」雖然森林中的小男孩，年紀略大於老婆婆夢境中的外孫，但是仍然能一眼就認出。

「這奇怪的夢境是來自於夢包嗎？」劍獅疑惑的看著夢差和夢婆。

「不，這是小男孩腦海裡自行產出的夢境，人類也會自己產生許多夢境，而這樣的夢就不是我們所能控制的了。」

「我已經準備好再次進入老婆婆的夢境了，希望這次可以讓兩人在夢中相見，並且讓惡夢不再重複。」劍獅指著自己還未脫下的入夢靴。

「我已經開啟了夢境連接器，你進入到老婆婆的夢境後，要將老婆婆帶往金色雲霧裡，因為那團金色雲霧是通往小男孩夢境的通道。」

「將這個小耳機放入耳朵裡，危急時我們會提醒你。」夢婆拿了一個外型看似棉球的小耳機給劍獅，劍獅立即將它塞入了耳朵裡。

劍獅站到左邊的魔鏡旁，再一次深深的吸了一口氣，然後右腳連續踩地三下，接著就被吸入了老婆婆的夢境裡。

劍獅再次穿過濃霧後，發現自己來到了老婆婆的庭院裡。這時屋裡傳來了老婆婆的哭泣聲，原來夢境已經進入到尾聲。老婆婆坐在門口，哭著盼望小孫子能夠回來看她一眼。

劍獅心想：「老婆婆的夢快醒了！必須要在夢醒前，將她帶入小男孩的夢裡。」於是立刻衝了進去，拉住了老婆婆的手直接跑了出來。

「你是誰？拉我的手要帶我去哪裡？」老婆婆面對這突發狀況，只有不停的抵抗，想要掙脫劍獅的手。

劍獅看見庭院旁的草叢裡冒出了一團金色雲霧，也顧不了老婆婆的詢問，就急忙拉著她的手衝進雲霧裡。

這團金色雲霧有些濃稠，減慢了前進的速度，再加上擔憂老婆婆可能會跌倒，所以讓匆忙趕路的劍獅覺得好心急。

終於他們通過了雲霧，來到了一個充滿高聳樹木的熱帶雨林裡。劍獅想要向老婆婆

解釋剛剛她提出來的疑問，但是老婆婆卻似乎專注的在聽著什麼聲音……

森林很茂密，只有稀疏的光線能夠穿過葉片的縫隙。突然間樹下的草叢裡似乎有什麼東西躲藏著，樹影也在無風的情形下搖曳了起來，這種不寒而慄的感覺讓劍獅有些緊張。

就在劍獅的目光還集中在樹下的草叢時，老婆婆已經轉身，朝著不遠處的一棵大樹走去，因為那裡有她最思念的聲音。

「外婆，您在哪裡？我好害怕！」這聲音很微弱，只要被風輕輕一吹就散了，只有思念小孫子的老婆婆才能聽得如此清楚。

「阿星，外婆在這裡，你不要怕！」老婆婆走到大樹的後面，抱起了畏縮成一團的小男孩，輕輕摸著他的頭。

劍獅在草叢旁看著這幸福的一幕，他只要幫忙守護著，不要被森林裡突然竄出的怪獸，打斷兩人此刻的幸福就好了。

天色漸暗，遠方似乎有團烏雲快速靠近，空氣中飄來一股潮濕的土壤味。老婆婆也察覺到這種不尋常的氣氛，這也許是一場暴風雨即將到來的徵兆。

「快想想回家的路！這是你的夢，只有你能改變這一切。」劍獅看見夢境愈來愈險惡，急忙提醒小男孩。

突然一條小路出現在眼前，老婆婆牽著小男孩沿著這條小路向前奔跑。但是此時四周開始颳起大風，樹林深處也傳來許多動物的嘶吼聲，而遠處的雨聲也愈來愈接近……

「快看！外婆家就在前方。」劍獅試圖引導小男孩，將夢境往好的方向發展。

果然，外婆家立刻就出現在眼前。還好，總算能在暴風雨來臨前，回到最溫暖的外婆家。屋外狂風嘶吼，烏雲和暴雨將所有陽光遮蔽，但是屋裡卻有外婆最溫暖的擁抱。這一刻祖孫兩人所擁有的是最幸福的時光。

暴風雨最終還是過去了，陽光從雲層裡透了出來，四周的夢境轉換成了一片花海。老婆婆記得這裡是五年前帶阿星來過的地方，那是一個晴朗的好天氣，輕輕的微風，從山頭的另一邊吹來，帶來了春天的氣息。

「外婆，這裡真美！以後我長大了，換我帶您來這裡玩。」這句話是五年前阿星對外婆的承諾，老婆婆原以為阿星只是隨意說說，沒想到他都還記得。

阿星摘了一朵鮮花送給了老婆婆，老婆婆笑得好開心，如果這幸福的一刻能夠永遠停留，該有多好！

只是，四周的景物開始模糊。這時劍獅耳裡的小耳機傳來了警告聲：「小男孩的夢快醒了！趕快帶老婆婆回到她自己的夢裡吧！」

劍獅趕緊上前牽住老婆婆的手，想要帶她回到自己的夢裡，但是卻被老婆婆甩開了。

「這是阿星的夢境，如果您不在他醒來之前，回到自己的夢裡，就會永遠被困在這個夢境裡了。」劍獅急忙解釋。

「你快走吧！我想要留下來，這裡是我想要留下來的天堂。」

「快離開夢境吧！」小耳機再次傳來了警告聲。

劍獅勸不動老婆婆，只能向她揮揮手含淚道別，然後急忙左腳一連跺地三下，及時從夢境裡彈了出來，回到了夢差和夢婆的身旁。

「她不願意離開，因為那裡有她等待的人。」劍獅紅了眼眶，向夢差和夢婆解釋老婆婆不願離開的理由，這是他第一次如此感傷。

告別了夢差和夢婆，劍獅再次回到熟悉的安平街道。有了這一次的體驗，讓劍獅更了解雖然神仙的任務和法寶會隨著時間而改變，但是只要庇佑百姓的心不變，就永遠都會是個好神仙。

劍獅閉上眼睛，讓安平港的海風輕拂過臉頰。朦朧中，他彷彿看見老婆婆幸福的笑著，並且在向自己道謝。

本文榮獲第四屆臺南文學獎兒童文學組首獎

編委的話

● **柳柏宇：**

這個故事真是令我太感動了，劍獅不顧一切的幫助老婆婆，和寧願待在孫子的夢裡也不願意出來的老婆婆，都讓我非常感動。劍獅本來是很傳統的物品，可是，故事裡還結合了現代的科技，讓人有耳目一新的感覺。

● **游巧筠：**

這篇故事很有趣，到現在我才知道原來有人是負責在送「夢」，還有一個製夢場，真奇妙！我覺得這篇文章的作者也很厲害，把臺南當地的文化特色：劍獅當作整篇文章的主角，劍獅是紀念鄭成功擊敗荷蘭人的東西，能把劍獅融入整篇文章真的很厲害。我覺得劍獅很偉大，他為了老婆婆的夢，挺身而出自願進入老婆婆的夢境中，這點我是很佩服他的。

● **劉袒佑：**

我覺得作者選了劍獅這個在現代不常見的建築物，來當作這個故事的主題，讓人覺得新奇。另外作者也將小男孩與奶奶的互動寫得就算不用親眼看到，也能感受到那份感動，真是太令人驚訝了！

樹筆友與鳥信差／黃培欽

◎ 插畫／李月玲

作者簡介

花蓮縣現職教師。喜歡跑步，喜歡游泳，喜歡漫無邊際抓取文字，編織故事。曾發表《包心粉圓抓賊記》、《騙你一百次》、《利固達的奇幻旅程》、《新說水滸風雲錄》……等書。曾獲教育部文藝創作獎、蘭陽文學獎、臺東運動文學獎、基隆海洋文學獎……等。期許所有創作，皆能帶給讀者快樂想像、多元思考、豐富情感。

童話觀

每個人都有過去，每個人都曾經歷童年，在追尋的過程中，偶見童話，更多的是純真的味道湧滿心頭。它，就如一把鑰匙，總能打開人們潛藏心底的可愛小窗，回溯生命篇章的第一段情節！

風，夾帶著涼意，從山邊滾到了田野，再從田野翻上了街頭巷尾。許多葉子緊緊抓著風的尾巴像是在坐雲霄飛車，忽上忽下，一下子東，一下子西，轉得頭昏腦脹。

太陽西落時分，陽光再不刺眼，羅東夜市湧現人潮。

風在人來人往的狹窄馬路停下腳步，褐色的、咖啡色的、淡黃色的、深綠色的、青綠色、淺綠色的葉子跟著降落在一棵身材玲瓏有緻的臺灣欒樹上。

「咦，這是什麼？」臺灣欒樹舉起枝幹撈住一片帶有淡淡樟腦味兒的綠色葉片，「上面竟然有字耶！」

哈囉，妳好！

那麼寬廣的天地，那麼遼闊的世界，

如果妳能看到這封信，代表我倆眞的很有緣。

妳能和我做朋友嗎？

有緣的情感總是千里一線牽……

從此更新鮮！

住在蘇澳海邊的大樟

臺灣欒樹臉上浮露淺淺微笑，她覺得有趣，這可是她第一次收到信，而且來自遙遠地方的一棵陌生樹！

要不要回信？她想了許久。

要怎麼回信？她想了更久。

最後寫完了信，她又萌生一個超級巨大的困難無法解決！

該請誰送信？

她總不能把葉子信拋向空中，讓風帶走它吧。

「不行，風愛玩，風可不會那麼聽話為我去送信……」臺灣欒樹喃喃自語，從白天想到傍晚，從人潮洶湧的晚上想到萬籟俱寂的半夜，她望著天幕白光閃閃的月盤開始發呆，「要怎樣才能把信送到蘇澳海邊？」

「葳葳葳……葳葳。」藍鵲飛進臺灣欒樹身上歇腳，紅紅的喙、黑黑的頭、身上穿著寶藍色長尾服。

「耶！」臺灣欒樹的腦袋瓜兒閃光，眼珠變得又大又圓說：「我真糊塗，竟然忘記你這位好朋友！」臺灣欒樹告訴藍鵲，她想要送一封信到蘇澳海邊給大樟。

藍鵲蹺著兩隻小腳丫，「葳葳葳」答應：「小事情一樁，交給我就對了。」

隔天下午，藍鵲硬梆梆的喙嘴啣著一片葉子信，他舞動靛藍色翅膀沿南下的馬路飛過一個村落、又一個村落。偶爾累了，便藏入綠意盎然的樹叢中喘喘氣、吹吹涼；或是尋找水源解解渴。在長方型綠色路標的指引下，傍晚時分便已抵達蘇澳海邊。

「請問妳知道大樟在哪兒嗎？」藍鵲選定一棵林投樹降落，問道。

「大樟喔，我知道啊，他可是附近有名的大詩人！」林投樹揮擺帶刺的長形葉片，要藍鵲循著大海與陸地的邊際再往前五百公尺。

「林投大姐，謝謝妳。」藍鵲說。

天是灰的，海是灰的，沙灘是灰的，馬路是灰的，連同海邊的房子也是灰的！灰濛濛的世界裡，年輕高大的大樟樹孤伶伶頂著天、立著地，迎著鹹濕海風，振動輕盈的小樹枝手臂在一片片鮮綠色葉子信紙上書寫他的心情。

我的她，在哪兒？
她的我，可是我？
聽海，總不如聽她；
賞月，還不如偷偷望她一眼。

此時此刻……灰色沙子沉重了……
身上點點綠，亮不出光采！

「哈囉，請問你是大樟嗎？」藍鵲從空中疾落，像是一顆藍色流星。

「是的，我叫大樟。」大樟停止書寫，循著聲音，找到披覆海色大衣的藍鵲，「俊俏的藍鳥兒，你找我有事嗎？」

「我是來送信的。」藍鵲將信遞予渾身散溢著樟腦香味的大樟。

大樟：你好

我叫欒欒，住在羅東夜市附近。
無意中看見你的信，
覺得很好奇，
希望有機會和你成爲好朋友。

欒欒

「好心的藍鳥兒，你可以等我一下子嗎？我想回信，託你帶回去給欒欒。」寂寞的

大樟身上樹枝頓時都豎了起來，精神奕奕。

「好啊，那是我的榮幸。」藍鵲像是在走階梯般，由大樟下方的樹枝跳向上端的樹枝，他深深吸了一口氣，除了濃濃樟葉外還有一股來自海上的潮濕鹹味。接著，他望見銀白色月亮從海平面「蹦」出來！

「該寫些什麼呢？」大樟張望四周風景，絞盡腦汁：「不如先聊聊我住的地方吧。」

欒欒：

蘇澳的天空很乾淨，是淺藍色的。

蘇澳的大海很美麗，是青藍色的。

大樟的心情很快樂，是亮藍色的。

我喜歡看海上的浪，浪上的船，船上的月。

妳呢，喜歡看什麼？

大樟

藍鵲自早晨開始飛，飛回羅東已經日正當中。他曬得滿臉黝黑、一身汗水！豈知才剛落腳，還沒好好喘口氣，臺灣欒樹便迫不及待問：「有找到大樟嗎？他有沒有回信？」

「喔，好渴，渴到我說不出話來。」藍鵲刻意張大嘴巴，呵呵呵地吐熱氣。

「來來來，這是我為你準備的雲霧朝露。」欒欒趕緊端出早上收集的沁涼露水招待。

「喔，好痠，痠到我的翅膀都張不開了。」藍鵲喝完水，屁股癱坐在欒欒的枝幹上。

「可真辛苦你了，我來幫你按摩。」欒欒伸出兩根最細的小枝幹，輕巧按壓藍鵲臂膀。

「好舒服！」藍鵲這才掏出藏在羽毛下的葉子信。他跟欒欒說，蘇澳的海一望無際，「嘩啦啦」反覆唱著歌；海上有一種白色的小花叫「浪花」，一下子出現，一下子消失……有小船、有沙灘、有貝殼、有螃蟹！

「可惜妳不能動，不然，妳應該親自去看看的。」藍鵲嘆了一口氣，接著問：「那麼，妳想分享什麼給大樟呢？」

「我想……就分享羅東的夜生活吧！」欒欒綻著笑容說。

大樟：

如果說，蘇澳海景是大自然的產物，

羅東夜市該是人爲的創作。

這邊的燈跟你那邊的浪花一樣美，

這邊的人和你那邊的魚蝦蟹貝一樣多，
當夜色籠罩，聲音鬧哄哄的……沸騰冒泡！
食物的香，五味雜陳，
每一個人瘦瘦的走進來，胖胖的走出去，
滿滿幸福！

欒欒

「真有趣！」大樟看完信，哈哈大笑說，他的身上多了一株小蔓藤。

遠方，風從靛藍色海吹向青藍色海，又從青藍色海吹上岩礁，然後撲向大樟樹！強壯的大樟一動也沒動，小蔓藤卻被吹得像是一紙鳶箏，飄飄晃晃，幾要斷裂！

「救命啊，風好大，我都快被吹走了！」小蔓藤尖叫。

「來，抱緊我。」大樟伸出粗厚的手臂，將小蔓藤挽回身軀。

「妳是誰啊？」藍鵲由樹上跳到樹下，盯著小蔓藤問。

「我是大樟剛認識的新朋友，叫小蔓。」小蔓說話嬌嗲嗲的，有氣無力。

「剛剛喊救命的時候挺響亮的，現在聲音卻像螞蟻在說話。」藍鵲瞥過頭，哼了一聲說：「做作。」

「藍鳥兒，別這樣，她很弱小，需要被保護。」大樟說。

「奉勸你要小心點，我倒覺得她像是一條狡猾的蛇！」藍鵲睜銳利的眼狠狠瞪著小蔓。

「喔，好凶，我怕……」小蔓放聲尖叫，花容失色，並將大樟抱得更緊。

之後，藍鵲成了藍色小信差，往返羅東蘇澳兩地來來回回送信。

欒欒的信愈來愈長，字愈來愈多。

大樟的信卻是愈來愈短……直到有一天，藍鵲飛回羅東，沒有帶任何回信。

「他是怎麼了？為什麼沒有回信？」欒欒低著頭、弓著背問。

「有一件事，其實我該早一點告訴妳的。」藍鵲告訴欒欒，大樟身邊多了一株小花蔓澤蘭，妖裡妖氣的，像是一個小妖精。她整天纏著大樟，用嫵媚的眼神、楚楚可憐的歌聲迷惑大樟！

「什麼，小花蔓澤蘭！你確定嗎，她真的是小花蔓澤蘭？」

「不會錯的，她總是這樣唱著：『我是柔弱的小花蔓澤蘭，我需要一個堅強的臂膀倚靠，你願意保護我嗎？讓我好好依偎在你身邊，直到永遠。』」藍鵲學小蔓模樣，嘟嘴翹臀唱歌。

「這可糟糕了……她可是樹木世界的頭號殺手。」欒欒臉上瞬間滲出冰冷汗珠。

「怎麼可能？她那麼嬌小瘦弱，怎能殺死一棵大樹？」藍鵲張大了嘴，不敢相信。

「小花蔓澤蘭喜歡利用樹木的同情心，攀附上枝幹，靜悄悄盤繞著樹木的身軀，一圈又一圈的繞，直到纏綁到整棵大樹再也喘不過氣、看不到任何陽光。」欒欒嚴肅的說。

「太恐怖了！那最後不就變成木乃伊，窒息而死。」藍鵲渾身發冷。

沿著電線桿、路燈，藍鵲在車子大隊中穿行。他猛力拍動翅膀，振振疾飛，像是一支沖天炮，直衝蘇澳海邊。

高高的天空，沒有月亮，沒有星光。墨汁從黑暗夜幕滔滔灑落，淹沒了青山，掩埋了綠水，覆蓋住一大片幽藍大海！

大樟的身上布滿細長的藤蔓！大枝幹小枝幹、就連粗粗的脖子都被纏繞著。他已經喊不出聲音，眼珠凸得大大的，舌頭伸了出來，活像七爺八爺的猙獰表情。

「ㄜ……」

「痛苦就快結束了！」小蔓的身軀恍若一條蛇，緊緊勒著，愈勒愈緊。

「可惡的妖精，放開他。」藍鵲乘風降落在大樟身上，並以銳利的鳥喙快速啄刺蔓藤，想要切斷這條阻隔空氣的索命繩。

「臭小鳥，憑你這張小嘴是救不了他的。」小花蔓澤蘭揚起蔓藤，像是揮舞長鞭，準備攻擊藍鵲。

「那如果是我呢？」一道聲音劃空而入。

「欒欒，妳終於趕來了。」藍鵲振翅、興奮大叫。

「都要謝謝你的親朋好友及時將我空運過來。」欒欒如頭髮般的長根緩緩降落地表，上頭每一片樹葉、每一根枝幹都有鳥朋友們擒著。

「可惡！吃我一記蔓藤鞭。」小花蔓澤蘭顯露齜牙咧嘴真面目！

「沒用的，在城市長大的我知道許多資訊，對妳可是瞭若指掌。」欒欒不怕藤鞭，她從容伸出一隻枝幹，不慌不忙朝大樟腳下小花蔓澤蘭的根芽處挖去。

「喔，不要……我求你，放過我吧……」小蔓逞凶鬥狠表情忽變嬌羞柔弱！

「就讓妳到大海裡去好好懺悔吧。」說完，欒欒將小花蔓澤蘭捲作一顆蔓藤球，然後旋身、奮力丟向海的邊際、天的盡頭。

「欒欒，謝謝妳。」呼吸恢復正常的大樟，臉色由慘白變紅潤。

「不要客氣，朋友就是要互相幫忙，朋友就是要相挺！」接著欒欒受到周遭美景吸引，邁著根幹、原地繞了一圈說：「這裡真美，就像你在信中說的一樣。」

「可惜今晚看不到月亮和星星。」

「沒關係，我可以等。」

「妳是說，妳可以留下來。」大樟有點驚訝。

欒欒嘻嘻笑說：「不只我可以留下來，你也可以跟我到羅東夜市玩幾天。」她轉身望向藍鵲問：「你可以幫我們嗎？」

「看來，我和我的鳥朋友們以後要更辛勤一點兒練『腳爪功』了，否則怎能擔任『快遞大使』，送你們這兩棵大樹飛來飛去四處逛！」

「哈哈哈……」

嘩啦啦的海邊，樹聲鳥鳴一團和樂！欒欒和大樟接著提議，要在身上搭建幾個鳥巢作為鳥朋友的家。藍鵲和他的鳥朋友則嚷嚷著：「最好舒適一點……要有床喔，還要有按摩椅！」

「這樣，我們兩個去羅東後，還想到礁溪……」

「礁溪後……再到頭城。」

「可以是可以，不過，你們兩個得先減肥，不然，我們這些小翅膀可沒辦法扛太遠……」

「什麼，要我們減肥，我們哪裡胖了？」

「對啊，我們這個叫做『壯』，不是胖。」

沒多久，地上的樹累了，樹上的鳥也累了。他們此起彼落呵大了嘴打哈欠，紛紛闔眼、不知不覺墜入夢鄉，甜甜笑著。當下，蘇澳海邊一丁點兒聲音也沒有，只剩下「幸福的友誼」粼粼在發光！

本文榮獲第六屆蘭陽文學獎兒童文學組佳作

編委的話

● **柳柏宇：**

真是太有趣了，樹和樹之間竟然能溝通，而且相隔的距離還很遙遠呢！鳥也可以當信差，我猜作者應該是想到可以飛鴿傳書吧！故事內容寫得有點像現代的連續劇，尤其是小花蔓澤蘭那一段。

● **游巧筠：**

我覺得這篇故事寫得很好，他用了很多成語或很好的句子，讓文章更加有趣、生動。重點是還結合了宜蘭當地的許多有名的地方，作者描述得跟當地一樣美麗，我覺得作者可以把文章寫得很有趣就很厲害了，沒想到作者竟然也把當地特色也融合進文章中，真的很厲害。我覺得這篇文章中的巒巒表現很好，當好朋友有任何困難時，她就挺身而出，前來幫忙，這個行為值得我們學習。

● **劉昶佑：**

我覺得作者在取材方面選了一個非常有趣的題材，就是以樹木與鳥的互動做為故事的主題，其中樹與樹之間傳遞消息的方式也非常引人注意與感到驚喜，並且以鳥為信差的寫作方式也很具有想像力，文中的小花蔓澤蘭，作者也以細膩的手法描寫出她的性格與態度的轉變，整篇文章中既不會太天馬行空也不會太嚴肅像在講自然科學一樣，只能說作者把童話和科學巧妙的融合了起來，作者的想像力還真是豐富啊！

螢火蟲，要發光／卓奕伶

◎ 插畫／卡森・OAOstudio

作者簡介

我有兩位哥哥，一位弟弟，兄弟們自小就出類拔萃。我是父母唯一的掌上明珠，可惜表現平凡。慶幸的是：我承接了父親樂觀開朗的個性，也擁有和母親一樣細緻敏銳的心思，即使人生挫折不斷，總無損我昂首闊步的喜樂。

童話觀

赤子之心是太陽，清潔的良心是月亮，捧起無數的感恩心情撒在天上是七彩、是星光。風塵僕僕的路上，萬事萬物皆芬芳。我們在七彩的日光下開懷，我們在閃亮的月光下酣暢，我們立刻明白：啊！這就是童話。

閃螢國將舉辦螢火晚會迎接春神到來，並由「新秀選拔大賽」選出表演的螢火蟲；獲得冠軍的螢火蟲還可以坐在春神姊姊身邊，那是全國最榮耀的位置。

螢火蟲們努力練習發光和飛行，期望在新秀選拔中獲得螢火晚會的演出機會。小光是閃螢國最有活力的螢火蟲，因為小光擁有全國最明亮的螢火，即使是打雷下雨的夜晚，小光的螢火依然閃亮的發光，大家公認小光一定能坐在春神身邊。

終於到了新秀選拔的日子。

比賽即將開始，小光正要前往，卻發現他的螢火不太對勁。

「咦？為什麼我的螢火亮度減弱了呢？」小光站在鏡子前面，左擺擺右搖搖，又用力的甩甩尾。時間來不及了，小光趕緊飛往新秀選拔的會場。

選秀會場裡萬螢閃動，大家的螢火都燦爛無比。輪到小光上台了，小光是螢火蟲的偶像，是螢火蟲心目中的超級巨星，他一定是冠軍！

然而……

小光的螢火竟然熄滅了！不論小光如何飛上飛下，提腿抬臂，都無法讓螢火發光。小光腦中一片空白，在驚訝聲中滾下舞台，慌慌張張、跌跌撞撞的飛回家。

小時候，媽媽提醒小光：要好好保護螢火，不發光的螢火蟲不但交不到朋友，晚上出門還會迷路回不了家，甚至找不到食物啊！

「怎麼辦怎麼辦？我只能當一隻孤孤單單，一輩子靠乞討維生的螢火蟲了。」小光好煩惱。

第二天，朋友們來看望小光。

「好不容易才等到新秀選拔，怎麼這麼巧，小光的螢火就不亮了呢？」

「是啊，一定是小光比賽前費力的教我們飛行和發光，螢火才會出狀況啦！」

「小光就是太善良，反而吃虧了，我們都入選，只有你……唉，好可惜喔！」

「如果小光的螢火沒有熄滅，哪裡輪得到小閃獲得冠軍呢？小閃真幸運！」

「付出最多的人竟然沒入選，真是不公平啊！」……

朋友們你一言、我一句。大家散去之後，家裡像冰庫一樣寒冷。

叩叩叩！

小光開門一看，是小閃。

「小閃，恭喜你獲得冠軍……」小光話還沒說完，小閃就搖搖手說：

「是小光不厭其煩的教導我如何發光飛翔，又花時間陪我練習，糾正我的姿勢，幫助我在新秀選拔中入選，所以，我一定要和你一起解決問題，就像你當初和我一同解決問題一樣。」

小光的心暖暖的，不禁拍拍翅膀，幾乎忘記螢火不發光的事。

小閃握住小光的手，說：「跟我走！我們去找冬神要螢火！」

小光還沒有聽懂小閃的意思，就已經被小閃拉著往北方飛。

在飛行中，小閃告訴小光他的計畫：「我們都知道冬神管理天上的星星！冬神爺爺沒有走遠，只要我們加快飛行，就可以追上冬神爺爺的腳步。我們去求冬神給你一顆小星星當作螢火。」

「這樣太冒險，」小光提醒小閃：「冬神爺爺的氣息太寒冷，我們會結成冰塊的，趕快回家吧！」

小閃搖搖頭說：「不會不會，只要冬神的氣息不吹到我們身上，就不會有危險。我們從冬神的背後追上，並且藏到冬神爺爺的頭髮裡面，這樣，即使冬神轉身，我們也不會接觸到寒冷的氣息。」

小光好佩服小閃的智慧和勇氣。於是他們充滿信心，奮力的往北方飛行。

小光和小閃一直飛著，空氣越來越冰涼，地上的景色也逐漸由翠綠轉變成橘黃。當地面的森林消失，只剩石頭地夾雜著草叢時，就看見冬神爺爺的長白衣袍在前方的空中飄盪。

小光歡呼著：「快看！我們追上了！」

只見小閃滿臉蒼白，小光低頭一看，糟糕，小閃的螢火不發光了！

「小閃！你要振作啊！只剩最後一小段了，加油！」小光大聲叫醒小閃：「小閃！抓好！冬神爺爺就在前面了！」

冬神緩慢的走著，銀色長髮和鬍子飄在腦後，並朝前方吹出白色的霧氣，大地瞬間覆蓋一層冰霜。小光抱緊小閃，集中精神，用盡力氣拍動翅膀，他們終於抓住冬神的銀髮，藏身在冬神爺爺的耳後。緊靠著冬神的耳朵，他們的身體逐漸溫暖起來。

小閃雖然恢復神色，可是螢火的光芒卻消失了。

「冬神爺爺，冬神爺爺，請給我們星星當作螢火吧！」小光和小閃大聲喊著。

「你們是誰？」冬神爺爺停下腳步。小光和小閃將他們的願望一句一句、仔仔細細的告訴冬神爺爺。

冬神爺爺一邊專心聽，一邊點頭：「你們是勇敢的螢火蟲。不過，即使星星歸我管理，我也無法將星星送給你們，即使是一顆微小的星星也不行。」冬神爺爺說。

小閃問：「為什麼呢？」

冬神回答：「每一顆星星都是活生生、熱烈燃燒的生命。」

小光好想哭。

冬神又說：「不要失望，好孩子，我會讓你們再度發光。」

冬神從耳後抓住小光和小閃，將他們握在手心，然後轉身，用力的將他們拋回閃螢國。

小光和小閃從歡笑聲中醒來，迎接春神的晚會已經開始。舞台上螢火蟲們一起舞蹈，螢火群群紛飛，像奇妙的夢境。小光和小閃看見自己的螢火真的發光了，趕緊飛到觀眾席，欣賞同伴們的演出。

春神姊姊一下子就發現小光和小閃，大家也看見小光和小閃的螢火不一樣：螢火蟲的螢火是黃色的，小光和小閃的螢火卻是耀眼的銀白色。

春神姊姊的微笑好美麗，她說：「不知道你們是怎麼辦到的？你們的螢火竟然是冬神爺爺最心愛的冰晶鑽石，它綻放四季最燦爛的光芒。請問兩位願意當我的嘉賓嗎？」在歡呼聲中，小光和小閃手牽手飛上舞台。

寂靜的夜空裡，冬神守護星星們安睡，小星星突然睜大眼睛問：「爺爺，地上也有星星嗎？」

冬神爺爺呵呵的笑了。

本文榮獲一〇三年桃園縣兒童文學獎第三名

編委的話

●**柳柏宇**：

這個故事真是夢幻，沒想到小閃和小光因禍得福，發出的螢火竟然是冬神爺爺最心愛的冰晶鑽石呢！看到他們去找冬神的時候，我自己恨不得跑進故事裡為他們加油。

●**游巧筠**：

這個故事很特別，作者用的主角是昆蟲——螢火蟲。我認為小閃做得很好，因為比賽前小光不厭其煩的教導他，所以後來小閃也很樂意帶著已經不發光的小光去跟冬神爺爺要螢火，即使小閃自己得了冠軍也沒有在旁邊炫耀，反而去幫小光拿回螢火呢！

●**劉昶佑**：

我覺得這篇故事所想要表達的意思非常清楚，就是要人儘管遇到挫折，也要賣力的去尋找另一條出路，放棄其實是離成功最近的阻礙，努力卻是讓成功離你更近的一個最好的方法。我覺得文中兩隻小螢火蟲因為不放棄的精神而獲得春神的邀請，在故事的最後小星星問冬神地上也有星星嗎？雖然沒有直接的回答，但是卻留給了讀者想像空間。

卷四

啊！心中最愛的事物

鬼當家園遊會／周姚萍

◎ 插畫／劉彤渲

作者簡介

兒童文學創作者及譯者。著有《山城之夏》、《我的名字叫希望》、《妖精老屋》、《魔法豬鼻子》等書。作品曾獲金鼎獎推薦獎 、聯合報讀書人最佳童書獎、幼獅青少年文學獎、九歌年度童話獎、好書大家讀年度好書等獎項。

童話觀

童話是一只魔術盒子，一打開，便蹦出變幻與驚奇，更會像使了魔術般，讓人們自心的底層，湧起那也許已遺忘、卻最為單純美好的情感。

校園裡人來人往，五彩繽紛的棚子下，有人搬東西，有人整理鍋碗瓢盆，有人高聲叫喊……樂樂小學的園遊會快要開始了！

「Hot、Hot、Hot、熱狗」；「金黃雞塊、黃金薯條」；「香噴噴爆米花、涼冰冰可樂」、「純天然手工水果冰淇淋」；「好手氣戳戳樂」；「歡樂丟水球遊戲」……各種攤位一字排開，有得吃有得玩，所有人都滿心期待。

達達班上的「歡樂丟水球遊戲」攤位，有三邊圍起了綴有小彩旗的繩索；用來放水球的水桶，以及「被投球者」所坐的小木椅和用來保護臉部的小水盆，也都準備好了。

不過，當達達他們準備灌水球時，卻怎麼也找不到氣球。

「怎麼會這樣？」

「會不會放在教室啊？我去找找看！」

……

當其他攤位已經傳來食物的香味，達達他們卻還沒找到氣球。而且，今天學校附近的文具店沒開，來不及在園遊會開始前重新買到氣球。

「怎麼辦？」

「毀了啦！」

達達他們急壞了！

這時，高掛空中的太陽像被一隻大手突然摘走，大手還搧起涼涼的風。

就在大家詫異的抬起頭望向天空時，太陽又出現了。接著，從牆頭滑下像是白色布匹的東西，接著，布匹快速滾起來，滾成大球，滾到大家面前，並在「今天，鬼當家！」的喊叫聲中，變成一群白色的鬼。

在樂樂小學所在的城市，每年都有個「鬼當家日」，這天，某種鬼會選中某個地方；不管他選中任何地方，就由鬼當家，任何在那兒的人，都得乖乖聽「鬼話」。不過，鬼並不會做出嚇人的事，只會對人們出些意想不到的題目。

今天，正好是鬼當家日，由愛玩鬼選中了樂樂小學的園遊會場。

「哇！被選中了！被選中了！」許多孩子聽到「今天鬼當家」，都像中獎一樣興奮。

帶頭的鬼蹦蹦跳跳的開口喊道：「今天『鬼當家』！大家都得聽我們愛玩鬼的，不只玩遊戲要開心的玩，賣東西、吃東西，也要邊賣、邊吃、邊玩！」

愛玩鬼出的題目，對遊戲攤位還好，但對食物攤位就有點難了。大家搔著腦袋想：究竟可以怎樣邊賣、邊吃，還兼顧到玩？而達達他們班雖然是遊戲攤位，卻連氣球都來不及補充，要怎麼開心的玩呢？

「怎麼辦？」

Welcome
Hot Dog

「怎麼辦？」

達達班上的每個人都蹦出這句話，老師卻興奮的喊：「別管攤位生意啦，大家只管開心的玩！我們來分組，一組由一個家長帶領，哪組先弄來氣球，就是冠軍，老師請客！」

「哇！」這個點子讓達達班上的家長和學生們都發出歡呼。

達達那組由他的爸爸帶領。當其他組趕著衝出校門，他們卻經由討論，畫出周邊可能販賣氣球的商店地圖，最後決定前往路線最近的一家花藝店。

「衝啊！」規畫好後，達達他們吶喊著奔出校門！

而校園的其他攤位呢？孩子們也都想出妙點子啦！

熱狗的攤子，小老闆們臉上都用家長提供的人體彩繪顏料，畫出可愛的狗臉。顧客要買幾根熱狗，不說數字，而用汪汪聲代替。有位老師要買熱狗請全班，汪汪叫了三十聲，每次叫聲都不同，還愈叫愈開心，吸引許多人聚過來，瘋狂的叫好、拍手。

水果冰淇淋的攤位，顧客得先跟小老闆玩海帶拳變化而來的水果拳。想吃香蕉冰淇淋，就玩香蕉拳，想吃西瓜冰淇淋，就玩西瓜拳……顧客贏了可以打九折，輸了就付原價。更有趣的是，愛玩鬼也湊過來玩。他們玩香蕉拳時，沒有形狀的手突然變成五根香蕉晃呀晃，全身更倏的變成黃色，並在黃色上頭緩緩出現黑色小斑點；玩西瓜拳時，除了在頭頂、胸前、身體兩側做出手抱西瓜的模樣，全身也會變成紅色，外緣還漸漸顯現出一圈墨綠。

達達那組，順利在花藝店，拜託老闆賣出原本要用來裝飾花朵的氣球，火速趕回學校。不過，他們一到攤位，全睜大眼睛。

有些愛玩鬼將自己變身成氣球，由其他的愛玩鬼變形成手，扭開水龍頭灌水，製作著「鬼水球」。攤位前的愛玩鬼顧客，已經拿著做好的鬼水球，向椅子上的目標鬼丟去。

「看我的！」

「別以為你會變形，我就丟不中。」

水球一丟，目標鬼就猛的變小或彈到半空中。不過，鬼水球也不是蓋的，會中途轉彎，還會上上下下。

「啪」！每當響起擊中的清脆聲響，不管目標鬼、丟水球的鬼、充當水球的鬼，還有圍觀的鬼，全爆出大笑。

達達他們愣了好一會兒，有人先喊：「好好玩！我也要玩！」其他孩子跟著衝過去排隊。

達達班上的其他組陸續趕回來，許多別班的大人、小孩更湊過來加入遊戲，讓這裡成了生意最好、玩得最瘋的攤位！

還有家長拿著買來的氣球吹氣、摺成各種造型，送給孩子和愛玩鬼。有的愛玩鬼更在旁邊學起摺氣球呢。

大家瘋狂的玩、開心的吃。達達那組，更享受了老師所請的雞塊，並且因為買雞塊要「說一則和雞有關的笑話」，而編了一大堆笑話，逗得自己和大夥兒都笑到肚子痛。

歡樂的時間過得特別快，園遊會轉眼結束了。有個愛玩鬼因為玩得太累，跑去躺在花圃的花叢上小睡一下，醒來時，校園只剩空空的棚子。他正準備飄走，竟發現花圃邊緣有一大盒氣球；那正是達達他們班遺失的氣球呢。

「唔？可以再玩耶！」他想著。

第二天，達達他們到了學校，發現操場上有個愛玩鬼大型氣球，風一吹，就移動位置。原來，這是那個愛玩鬼跑去找回其他同伴，一起摺氣球組合而成的。

這天，每到下課，孩子都開心的在操場上推著、追著愛玩鬼大型氣球跑。後來，他們還為它綁上好長好長的線，合力放上天空。

至於愛玩鬼們，好一陣子以來，也很流行將同伴當成氣球，呼呼吹飽氣，再摺成各種造型的「鬼氣球」飄來飄去呢！

——原載二〇一四年八月《未來兒童》第五期

編委的話

● **柳柏宇：**

這真是一篇非常有童趣且神奇的作品，作者描寫得很有趣，讓我也想和達達一起去園遊會玩了。作者用鬼來當主角，真是令人毛骨悚然，可是，有趣的是，看完之後，才發現裡面的鬼其實是很可愛的。

● **游巧筠：**

我覺得這篇文章很頑皮，而且這篇文章中的鬼其實也很希望孩子能玩得很開心、很快樂。原本我們都對鬼感到害怕，我們都覺得鬼就是會讓我們嚇到提心吊膽的，但是看完這篇文章後，我發現其實鬼也可以是善良的或頑皮的……。從愛玩鬼出的題目中就可以看出，其實愛玩鬼也很希望大家能夠玩得很快樂。這篇文章之所以會頑皮的原因，就是因為當小朋友們沒有注意到愛玩鬼們時，他們就會自己開始玩起來，還能變東變西，想變什麼就馬上變，越稀奇古怪的東西，他們越覺得好玩。

● **劉祀佑：**

本文採取活潑逗趣的寫法來帶出園遊會的愉悅氣氛，內容中的鬼也是以可愛活潑的方式出現。我覺得文中最令我印象深刻的是，由於沒有氣球，所以那些愛玩鬼竟然來充當氣球，真是令人意想不到。可是我也曾經想過如果在玩的時候「這些氣球」不小心破掉怎麼辦？可是後來想想，不對，既然是鬼為什麼會怕破掉呢？

大樹摩天輪／嚴淑女

◎ 插畫／李月玲

作者簡介

喜歡孩子純真的心和繽紛的想像世界，目前在臺東美麗的山海之間和一群小孩遊戲、創作。最大的願望是用故事，為孩子彩繪幸福的童年。目前已創作《紋山——中橫的故事》、《拉拉的自然筆記》、《春神跳舞的森林》、《再見小樹林》等三十餘冊。

童話觀

童話是就像一場幻想的遊戲。作家用心聽見別人聽不見的聲音；看見別人看不見的東西；再用幻想的筆，將腦海裡的奇思妙想書寫出來，為小孩彩繪幸福的童年；為大人找回純真的年代，讓大家在幻想的遊樂場裡一起快樂的嬉遊。

你知道菩提樹會表演魔術嗎？

每年春天，公園裡那棵老菩提樹上的小綠芽，會像變魔術般，慢慢的從鮮嫩的淡紅、透明的碧綠，最後變成深深的墨綠。

墨綠的菩提葉，就像長了尾巴的葉子鳥，飛翔在藍藍的天空中。

在陽光照耀下，還可以看見小螞蟻和小飛蟲，躲在葉片後面，表演精彩的影子魔術呢。

有一天下午，我和爸爸到公園散步。

爸爸驚訝的說：「菩提樹上怎麼會掛著一個腳踏車的輪胎呢？」

我馬上說：「不要再帶回家了！」

爸爸拿起輪胎，高興的說：「這是我撿到的第十個了。」

我的爸爸喜歡收集舊東西。家裡堆滿好多破洞的雨傘或生鏽的鐵釘。

爸爸還開了一間「什麼都賣的店」。

他最常說的話就是：「總是會有用的！」

有一天晚上，一個全身包著綠巾的老爺爺來到店裡。

他用沙啞的聲音說：「我要買十個腳踏車的舊輪胎。」

爸爸立刻到倉庫裡，找出十個舊輪胎，高興的說：「送您吧！這些貨要送到哪裡呢？」

「謝謝你。請在每個星期六晚上九點，將一個輪胎掛在公園裡那棵老菩提樹上，這樣就可以了。」

「我來幫您送吧！」

其實，我很好奇，老爺爺買舊輪胎要做什麼呢？

星期六晚上，我將輪胎掛在大樹上，然後躲在旁邊偷看。

一陣風吹過來，菩提葉發出沙沙的聲音，就像好多葉子鳥在說話。

然後，黑色的輪胎慢慢的變成墨綠、深綠、淡綠、透明，漸漸消失了。

「輪胎消失了！」我驚訝的捂住嘴巴。

我一直不敢說出那天晚上看到的祕密。

送了幾次輪胎之後，我發現菩提樹頂上，多出了幾個小圓圈。

「請問您最近有修剪菩提樹嗎？」我好奇的問修剪樹枝的伯伯。

他笑呵呵的說：「沒有啊！」

過了一陣子，那個包著綠巾的老爺爺又來了。

他依舊用那沙啞的聲音說：「這次需要嬰兒車的舊輪胎，愈多愈好。請在一樣的時間，送到一樣的地點，麻煩你了。」

爸爸開心的找出他收藏的舊輪胎，一邊說：「總是會有用的吧！」

當我最後一次送輪胎到菩提樹下時，老爺爺站在樹下等我。

「謝謝你一直幫我送東西。」

他把一片有三個小洞的金黃菩提葉，放到我的手中，微笑著說：「今年耶誕節，一定要來玩喔！」

爺爺到底是誰？他要帶我去哪裡玩呢？

我把菩提葉夾在日記本裡，滿心期待耶誕節的來臨。

平安夜的晚上，時鐘噹噹噹的敲了十二下。

我突然感覺有光在我的眼皮上跳舞。

我睜開眼睛一看，我的眼前，竟然飄浮著一片發著綠色螢光的菩提葉。

當我的指尖輕觸葉片，它竟然「唰！」一聲！飛進我的手心、手臂。

我全身發出透明的綠光，輕飄飄的往窗外飛去。

我發現，夜空中有許多跟我一樣發著綠光的小孩，還有綠小狗、綠小貓和綠瓢蟲呢。

大家愉快的在空中翻滾，乘著晚風，往公園飛去。

公園裡，出現一棵發著綠光的大樹。樹頂上有個黑影。

當我們慢慢降落在樹頂上，我才發現：「啊！綠巾老爺爺。」

老爺爺像魔術師一樣，披著綠披風，微笑著做出邀請的動作。

「歡迎光臨大樹摩天輪！你們的笑聲，就是啟動摩天輪的動力。準備要一起到天上玩了嗎？」

所有小孩都大聲說：「出發了！」

大家高興的登上摩天輪。

發著綠光的摩天輪愈長愈高、愈長愈高，一直到穿過雲端才停止。

大樹摩天輪隨著星空一起旋轉，愈轉愈快、愈轉愈快。

「哇！下流星雨了！」

風中不斷傳來興奮的尖叫聲和笑聲。小孩們的笑聲，讓大樹摩天輪發出彩虹般的光芒。

摩天輪奮力的轉到最高點，接著快速的往下落，就像一顆彩虹球，在夜空中翻滾著。

一群發著螢光的葉子鳥在夜空中飛舞，不斷的蹦出色彩繽紛的煙火，讓大家看得驚呼連連！

玩累了，大家就坐在雲朵上休息。

我注意到雲上有個小攤子，上面寫著「套星星」。

地上有一串串被塗成螢光綠的小輪胎。

「咦！那不是老爺爺訂的嬰兒車舊輪胎嗎？」

輪胎旁的牌子上大大的寫著：

一個一個往上拋，
滿天星星任你挑。
快點來玩套星星，
套住你就擁有一顆小星星。

我和小狗、小貓一起比賽套星星。

一個個螢光綠的小輪胎，咻咻的往天上飛。

「哎呀！沒套中！」

「哇！我套中了！」

我套了好久，終於套住一顆小星星。被套住的小星星輕輕落在雲上，我牽著星星在夜空中快樂的散步。

我看到老爺爺坐在一旁，微笑的看著我們這群玩樂的小孩。

「老爺爺，您怎麼會想到要變出這麼好玩的大樹摩天輪呢？」我好奇的問。

爺爺瞇著眼睛說：「我在山上時，常常聽到山下傳來快樂的笑聲。我一直想知道那是什麼。」

他又接著說：「後來，我把菩提葉變成葉子鳥，他們飛到山下，將笑聲收藏在葉子裡，然後飛回山上，在星空中，用綠光畫出一個又一個轉動的圓圈。他們告訴我，那是遊樂園的摩天輪，是小孩的最愛。」

「也是我的最愛耶！」我開心的說。

老爺爺摸摸我的頭：「是啊！收藏小孩笑聲的葉子鳥，飄落在我的懷裡。那些像風中銀鈴一般幸福的笑聲，一直陪伴著我。春天時，我身上長出的每一片葉子，都藏著小孩的歡笑聲。我的夢想，就是變成帶給孩子歡笑的大樹摩天輪。」

「哇！原來您就是公園裡那棵老菩提樹。您身上的葉子還能收藏笑聲，真的好神奇哦！」

「我這次用盡全力，完成了大樹摩天輪。小鳥還幫我做了菩提葉門票，隨風飄送給小孩和動物們呢！」爺爺露出開心的笑。

「這是我坐過最棒的摩天輪，明年耶誕節，我還要來玩！」

我和爺爺打勾勾，做了約定。

我的身體慢慢飄了起來，往家的方向飛去。

隔天早上，我一醒過來，就在口袋裡發現一顆綠色星星和一片有三個洞的金黃菩提葉。

我立刻衝到公園，跑到老菩提樹下。

樹梢上，傳來沙沙的聲音。

一片菩提葉輕輕飄落在我的手心。我把葉子貼近耳邊，聽到許多小孩的歡笑聲。

我緊緊抱著大樹，輕聲說：「謝謝爺爺！我們明年見！」

——原載二〇一四年十二月《未來兒童》第九期

編委的話

● **柳柏宇：**

這個故事真是太神奇了，原來那位老公公就是菩提樹，輪胎是用來做摩天輪，嬰兒車的輪胎是用來「套星星」用的，這真是一篇有趣的故事，而且最適合小孩看了！

● **游巧筠：**

雖然這篇文章大部分的主角是人類，但是到後來發現其實老爺爺就是那棵大樹，還出現會做門票的鳥等等。這篇文章用小孩的笑聲、快樂的聲音做成一個大樹摩天輪，而這個摩天輪也讓小孩子們覺得新奇、更開心，也覺得不可思議。

這篇故事中的老爺爺很疼這些小孩，自己慢慢蒐集孩子們的笑聲，為的不是自己，為的是這些小孩子，老爺爺希望他們能更快樂，而老爺爺看到他們開心，自己就更高興了。我發現在現實生活中真的有很多長輩為了小孩犧牲自己很多，為的就是小孩子，長輩永遠把小孩排第一，對小孩子最好。

● **劉昶佑：**

作者就像魔術師一樣，把摩天輪跟輪胎聯想在一起，我想作者想利用菩提樹來說明化腐朽為神奇的道理，我看過一句話，「亂丟是垃圾，回收是資源」。我心中滿認同這句話的。作者把菩提葉寫成葉子鳥，這樣的描述真是非常的貼切，每次當大風吹起，葉子紛飛的樣子，就真的有如作者所描寫的一樣呢！

完美女孩與機器人／紀怡廷

◎ 插畫／李月玲

作者簡介

風城出生、雨都成長。

法國巴黎第三大學戲劇學系畢業，現為自由文字工作者。興趣是運動但很少運動，正努力改進中。

童話觀

上次投胎的時候我向神請求給我一個有趣的世界，於是就來到了這個能夠閱讀童話、創作童話的地方。

真幸運耶我！萬歲～

每個見到真真的人都會不禁稱讚：「真是個完美的女孩啊！」沒錯，真真活脫脫就是「完美」這兩個字的代言人。她頭腦好，人長得漂亮，家裡又有錢，不管走到哪裡都是眾人注目的焦點。

每天早上，當她從豪華的轎車裡走下來準備上學時，校門口總是擠滿了好奇的學生（還有學生家長）在一旁觀看，大家都想知道今天完美女孩打扮成什麼完美的模樣。

在班上，所有的女生都對她崇拜得不得了，老是圍著真真說話，私底下還偷偷模仿她，學她的筆跡、學她的笑聲、學她穿衣服、學她講話挑眉毛的樣子，甚至去買同樣的洗髮精來洗頭。

男生則很喜歡找真真一起去打球，因為她的速度很快，每次賽跑的時候總是沒人可以跑贏她。

真真還充滿了藝術細胞，不僅是各項繪畫比賽中的常勝軍，甚至開過個人的音樂演奏會。

說到底，真真什麼事情都做得很好，而她也總是盡力做到最好。

比如說，她每天一大早就起床，拉著爸爸一起去跑馬拉松練體力。

還有一次上數學課的時候，她發現班上另一個同學在某一題上算得比她快，於是之後整整一個月，她每晚都不停的練習數學習題。

此外，為了在大小比賽上得獎，她積極參加各種課後才藝班。從禮拜一到禮拜日，天天都有課要上。

真真的爸爸擔心女兒累壞了，希望她不要老是拚命追求完美。

「只要努力一點就可以達到完美的話，為什麼不做？」她的回答簡直就像電視上什麼廣告的台詞一樣。

一天，班上新來了一個轉學生，名字叫做「佳佳」，是個有著可愛酒渦的卷髮女孩，但是國語卻有點怪腔怪調，老師說這是因為她剛從國外回來的關係。

除了這點之外，大家漸漸發現這位新同學根本就是天下無敵。她在考試中打敗了真真成為第一名，而且全部都是滿分。體育神經也出奇的發達。賽跑時，老師才剛吹響哨子，她就像風一般的抵達到終點。而更厲害的是，不只真真跑步跑不過她，就連體育老師親自下場跟她比乒乓球，竟然都打輸了。

中午的時候，佳佳拿出一個超級大的豪華便當，大家都被香味吸引過去，她便很大方的分給同學一起享用，每個人都吃得讚不絕口；不過真真沒有去湊熱鬧，她只是默默留在座位上吃著自己的午餐。

以前圍繞在真真周遭的女生們，現在一個個都跑去找佳佳了。大家還說佳佳的口音雖然不標準、但反而顯得更可愛，男生們也很愛模仿她，逗得大家笑成一團；可是真真在一旁看了，卻覺得一點都不好笑。

放學回家後，真真一反常態的什麼事都不做，只是懶懶的躺在沙發上發呆。事實上，她的頭腦變得一片混亂，因為她不知道該從哪裡開始努力才好。所有的科目都比輸佳佳，包括擅長的跑步也輸了，甚至笑容也沒有佳佳好看，因為她沒有兩個可愛的酒渦……

這是真真第一次體驗到「失敗」的滋味。

隔天早上，她沒去練晨跑，於是爸爸緊張的跑來她房間探望。

「寶貝，妳看起來臉色很不好，該不會是生病了吧？」爸爸擔心的問道。

「我今天可以不要去上學嗎？」

「如果身體不舒服的話，那我幫妳打電話向學校請假。」

不過最後真真還是決定去學校上課，因為她不想說謊，也不希望別人誤以為自己是認輸了才躲在家裡。

然而，班上根本沒有同學發覺到真真的心情，因為轉學生今天又再度大出風頭，奪走了所有人的注意力。佳佳在下課的時候開始耍起馬戲團雜技，中間還夾雜了一點小魔術，讓大家看得目瞪口呆，連走廊上也擠滿了別班的同學，她華麗的表演引起前所未有的大轟動。

恰巧學校的外籍英文老師路過看到，他對雜技大感興趣，跑去找佳佳問了好多問題，兩人用英文愉快的交談起來。真真在旁邊聽到他們的對話，突然注意到一件不尋常的事：導師說佳佳從國外回來，但是她的英文就跟中文一樣有著奇怪的腔調。

「也許她不是在講英語的國家中長大的吧。」真真推斷著。

下午的體育課，老師教大家跳遠。

真真決定要重振精神，奪回完美女孩的稱號。她切實的做好暖身運動，輪到她上場時，先是助跑一小段，然後起跳、再奮力一躍、著地！真真成功跳出一個漂亮的距離，讓在場的人都拍手叫好。

結果沒想到，之後新同學刷新紀錄，比她多跳出整整一公尺。當她看到時，不禁感到不可思議的大喊：「這根本就不可能！」旁邊的同學都嚇了一大跳，畢竟真真從來沒發出過這麼大的聲音。

「對不起，我跳錯了嗎？」佳佳用她怪怪的腔調問道。

「沒有，妳跳得很好。」老師趕緊回答，接著又補充說：「真真同學也表現得很棒。」但是真真完全聽不進去。

之後的幾天，她開始偷偷觀察佳佳的一舉一動，並且記錄下對方所有可疑的地方：

1. 講話一直走音。
2. 考試永遠一百分。
3. 長得像洋娃娃一樣。
4. 體育比男生還要強。
5. 每天都笑咪咪的，從來都不生氣。
6. 問什麼都知道。
7. 會說多國語言。

真真每天不論上課或下課都注意著轉學生，筆記本上也越記越多點。最後，她得出一個爆炸性的結論：佳佳一定是個機器人。

她趕緊把這項發現告訴班上的朋友。

「怎麼可能！」大夥的第一個反應就是不相信。

於是，真真拿出她的筆記讓大家看。只是還沒看完，有個同學說話了：

「所以，根據妳的觀察，妳認為佳佳完美得就像個機器人一樣？」

真真點頭：「對呀，簡直是完美得不像樣嘛！」

大家聽到她的回答後，彼此對看了一下，笑了出來。

「妳也是這樣啊。」「這筆記寫得也很像妳耶。」「嗯嗯，『完美得不像個人』，以前大家就是這麼說妳的。」同學們開始此起彼落的說了起來。

「妳就像專門拿第一名的機器人，班上同學早就不期望能夠超越妳，因為不管多麼認真努力，最後還是贏不了。」一個男生淡淡的解釋。

真真不知道該說什麼，只好安靜的聽著。

另一個女孩繼續接著說：「所以當佳佳出現時，我們一點也不驚訝，只覺得又跑來了一個跟真真一樣厲害的人。」同學們紛紛點頭表示同意。

「放心，一開始輸的時候難免會氣餒，但是妳以後就會慢慢習慣，況且跟我們比起來，妳還是很優秀啊。」一個善解人意的女生試著安慰她。

「恭喜妳，懂得嫉妒才會變成真正的人類喔！」同學調皮的做出結語。

回到家，真真依然不斷想著同學所說的話。爸爸看她一臉難過，便過來關心。真真沮喪的說：

「爸爸，我再也當不成完美女孩了。」

「為什麼？」

「因為我得不到第一名。」

「誰說第一名才是完美的人？」爸爸問。

真真回答不出來。……對呀，是誰說的？

老師要選同學去參加繪畫比賽，叫每個人交出一張水彩畫來。真真向來非常喜歡畫畫，她決定全力以赴完成這個作業。首先，她花了很多時間設計出好幾份草稿，再選出其中一張最滿意的開始下筆。她大膽使用各種鮮豔的顏色配在一起，一旦有不滿意的地方，就乾脆重畫一張。

隔天她帶著畫到學校的時候，同學發現真真不像平常打扮得那麼漂亮，而且臉上和手上都還沾有水彩的痕跡。

到了第一節課，老師請大家把水彩作業拿出來，真真很緊張的望向佳佳那邊。當她一看到對方的畫時，她馬上知道自己沒有希望了：佳佳竟然畫得像大人一樣好！

真真低著頭把自己昨天辛苦的成果放到桌上，感覺眼淚就要滴出來了。

老師一個個看過大家的畫作後，沒有意外的公布：「看來就由佳佳同學代表我們班去參加比賽吧，有人有不同的意見嗎？」

真真咬住嘴唇繼續低頭盯著自己的畫。

「老師，我覺得真真畫得也很漂亮。」隔壁桌的同學突然舉手說。

「我也喜歡真真的畫。」「她畫得很認真。」接著又有好幾位同學表示同意。

真真訝異的抬起頭來，「明明我的畫根本比不上佳佳啊！」她內心想。

老師過來看了看說：「嗯，雖然技巧沒有那麼高，但是真真同學的畫很有創意、很特別。」

這時，佳佳大方的表達說：「老師，我也贊成選真真去參加繪畫比賽。」

就這樣，真真終於獲得了參賽的機會。她高興得哭了出來，滿臉通紅的向大家道謝，這是她第一次為了得到成功而這麼緊張，也是第一次因為別人能夠欣賞自己而感激不已。

當天真真回家後，興奮的告訴家人這個喜訊，她還對爸爸說：

「原來不完美也很好。」

爸爸笑著回答：「是啊，不過妳在我心中永遠是個完美女孩。」

過了幾個月後，佳佳又要轉學了。全班都依依不捨的跟她說再見，尤其真真跟其他幾個女同學都傷心極了，因為她們已經成為很要好的朋友，而佳佳跟大家告別後，坐上一輛黑色的大車子，就一溜煙的離開了學校。

在車上，有兩位男士坐在佳佳旁邊，一位穿著筆挺的黑色西裝，另一位則套上全身白色的實驗衣。

西裝男說：「博士，這次佳佳機器人的任務完成得非常成功，我很滿意。」

實驗衣男回答：「謝謝老闆的誇獎，可是佳佳的語言功能還有待改進。」

「不，博士，我倒認為那是專屬機器人的特色，而且，要是改得太好了反而不像個人。」

博士表示：「好吧，那就維持原樣。不過，您真的不打算告訴女兒事實嗎？」

原來穿西裝的人就是真真的爸爸，他爽快的回說：「沒有這個必要。」

「但是真真不知道自己強勁的對手的確是個機器人。」

「今天只是被一個小小的機器人打敗而已，未來還可能遇到其他更厲害的人，」真真的爸爸微笑一下，轉頭看向窗外的風景：

「因為這個世界是很大的。」

本文榮獲二〇一四年新竹縣吳濁流文學獎兒童文學組貳獎

編委的話

● **柳柏宇：**

看完這個故事之後，我非常好奇，世界上真的有完美女孩嗎？再怎麼完美的人，應該都會有一些缺點的。真真也不用難過，就像她爸爸說的人外有人，天外有天，每個人都有自己的特點，只要保持自己的特點就好。

● **游巧筠：**

我覺得這篇文章中女孩的爸爸很厲害，他要讓女孩覺得「不完美也很好」，但是爸爸不直接跟她說，爸爸用行動的方式告訴她，而且爸爸還不是親自出動，是請一個比女孩還完美的機器人出馬，雖然一開始女孩還是不服氣，但是到最後女孩慢慢地體會到原來「不完美也很好」的滋味。

● **劉昶佑：**

在〈完美女孩與機器人〉的故事裡，那個凡事都要求滿分、完美的女孩，其實就跟機器人沒什麼兩樣。由於從沒失敗過，所以當她遇到了挫折之後便只想逃避，這其實透露出如果沒有經過無數次的琢磨，就算是一顆鑽石，也只是一塊沒價值的石頭罷了。

文中主角的爸爸問主角：「誰說第一名就是完美了？」但是她答不出來，這不就代表著完美不在實質的分數或是工作上，而是內在，而且如果有一天你達到滿分了，達到你想要的完美了，那你下一個追求的目標又是什麼呢？那你還有進步的空間嗎？

歡迎，請上船／王文華

◎ 插畫／Kai

作者簡介

國小教師生涯邁入第二十五年；兒童文學創作第一百二十五號作品出版，東大兒文所畢業。曾獲牧笛獎兒童文學獎、金鼎獎等獎項。出版作品有：《美夢銀行》、「可能小學的愛台灣任務」套書、「可能小學的歷史任務」套書、《做孩子的學習好夥伴》等。

童話觀

童話就是：和兒童說的話。

搬家那天，小威把他從小到大的玩具收成好大一箱，鐵金剛、摩天輪、積木和玩具士兵，一隻黃色小鴨鴨還從紙箱裡鑽出頭來呢。

小鴨鴨，睜著圓圓的大眼睛，這是他第一次到家外頭呢。

爸爸把紙箱抬上車，綁好了，小威回頭看看家，他從小住到大的家，揮揮手，該走了。小貨車噗噗噗的起動，往前，一隻小狗竄出來，小威爸爸急忙踩煞車，嘰～小狗沒事，小威拍拍胸口，他們也沒事，黃色的小鴨鴨卻從車上滾下來，彈了一彈，最後滾進水溝。

黑漆漆的水溝裡，什麼都看不清楚，爛爛的泥巴，臭臭的味道。

「我在這裡呢。」小鴨鴨大叫，「小威，小威，我在這裡。」

小威沒聽到，小貨車沒停下來，它噗噗噗的，越走越遠了。

這下該怎麼辦呀？

一隻小老鼠咬他的尾巴：「你這隻烤鴨不好吃。」

「我不是烤鴨。」小鴨鴨說，「也不能吃。」

「所以沒有用。」小老鼠踢他，把他踢進水裡，「我得去找食物，沒空理你。」

小老鼠不懂禮貌，連再見也沒說就走了。

小鴨鴨眼角含著淚水：「我有用，我真的有用。」

老鼠找到半根香腸，高高興興走了。

小鴨鴨被水流慢慢的往外帶，雖然很慢，還是不斷的向前走，經過一個一個的鐵條天窗，可以看見一片一片方方的天空，天空外有成排成排的樓房，好多好多人的腳。

「喂，你們有人看見小威嗎？」小鴨鴨大叫。

沒人停下來，他繼續在水溝裡前進。

前進呀前進，黑黑暗暗的臭水溝，走了不知道有多久，前面突然出現一片光亮，從小到大，從暗到亮，他流進那片光，穿出了水溝，啊～流進一條小河。

天空變寬了，田野變綠了，房子退得遠了，河邊開滿了小花，哇，連空氣也變好了。

小鴨鴨深深吸了一口氣，啊，那是花的味道嗎？好香好香。

潑啦，一隻青蛙從水裡抬起頭，這隻青蛙看起來凶凶的。

「你不是真鴨子。」

小鴨鴨有禮貌：「你好！」

青蛙很驕傲：「你會潛水嗎？」

「不會。」小鴨鴨說，「但是我可以浮在水上。」

青蛙跳上草叢：「你會跳高嗎？」

「我是小鴨鴨，你如果按按我，我會呱呱呱。」

青蛙按了他一下，小鴨鴨發不出呱呱呱的聲音。

「壞掉了，難怪沒人要。」青蛙說。

「我是自己掉下來的，我不是沒人要的，我的主人叫……」小鴨鴨還在解釋，但是青蛙已經跳走了。

小河從這裡轉彎，河道變寬了，河水變淺了，河邊兩邊都是荷花田，一片特別低的荷葉上，站了六隻小螞蟻。

「喂，鴨子。」一隻扛著米粒的黑螞蟻喚他，他們的頭上都是汗水。

小鴨鴨說：「什麼事？我不能

吃，也不會潛水、不會跳哦。」

「我們只想搭船。」黑螞蟻說，「我們從早上走到現在。」

「歡迎呀，」小鴨鴨說，「歡迎你們跟我做伴。」陽光很強，風很涼，風裡還有荷花的味道，香香的，荷花的葉子替他們擋住陽光，幾隻小魚游在水底下，他們想邀小鴨鴨比游泳：「看誰先游出這片荷花田。」

小鴨鴨搖搖頭：「我得送小螞蟻回家。」

十里荷花田，綠色的荷葉在風裡搖曳，幾隻小蜜蜂提著花蜜：「小鴨鴨，我們也想搭船，行不行？」

小鴨鴨驕傲的說：「歡迎，請上船。」

這艘小船，歡迎大家來搭乘，順著藍色的水流，小鴨鴨會載著大家，向前再向前。

——原載二〇一四年六月《小典藏》第一一八期

編委的話

●柳柏宇：

故事中的鴨子實在太可憐了，本來車坐得好好的，竟然在半途中摔下來，與主人分離，還好他很樂觀，要是我，我一定是傷心到不行，甚至認為自己已經沒用了。

●游巧筠：

仔細地看過這篇故事幾遍以後，發現文中的小鴨子很喜歡幫助別人，小鴨子覺得幫助別人，他人快樂、自己也開心。雖然小鴨子只是個玩具，沒什麼特別的，但是他幫助小螞蟻們過河，就是幫了整個螞蟻家族了啊。我們的意料之外的是，原本大家都以為那隻小鴨玩具會被撿回去，但是這篇文章最後的結尾是小鴨子把自己當作小船，載小昆蟲們過河，幫助大家。

●劉昶佑：

故事中的鴨子，如果我沒猜錯應該是小時候洗澡的小鴨子吧！我覺得文中最主要講述的，應該是當你受到他人的不肯定，或是鄙視的時候，你可以不甘心的流下眼淚，再尋找另外的出路。儘管只有你一個人，但是一路上的支持與陪伴也是一定會有很多的。

寵物盒／楊隆吉

◎ 插畫／楊隆吉

作者簡介

臺東大學兒童文學研究所碩士。網路「達拉米電子報」主編。作品曾獲九十四年九歌年度童話獎、蘭陽文學獎等。著有《拳王八卦》、《愛的穀粒》、《四不像和一不懂》、《山豬小隻》、《超級完美的願望》、《鷗吉山故事雲》；個人部落格 http://piccc.pixnet.net

童話觀

童話是生活的切片、與讀者的對話，有懂得的讀者會知道、會心明瞭，暫不多說的，我們來日談……，謝謝大家的閱讀捧場，歡迎大家光臨我部落格、交流想法、繼續關注……，童話那壺又再響起，請等等！我去關一下火……

某個星期三的上午，老師改暑假作業的時候，驚訝的發現，阿琪竟然養了鯨魚、獅子、老鷹、水母、……

「妳家是動物園嗎？怎麼可能養那麼多動物？」早自修時間，老師翻開「我的寵物」那一頁，問阿琪。

「沒有啦！那些是寵物的名字……」阿琪語氣輕鬆。

「那麼，實際上是什麼動物？」老師問。

「螞蟻。」

「妳應該寫螞蟻，而不是寫那些螞蟻的名字。」老師糾正阿琪。

「可是，牠們不只是名字，每一隻真的都有牠們的習性……」阿琪解釋。

「不就是螞蟻嗎？」老師覺得疑惑。

「不是，像是鯨魚，牠就會游泳，老鷹會飛、獅子跑得很快、水母會發光……」阿琪如數家珍，一隻一隻的解說……

「啊！怎麼可能。」老師不太相信。

「是真的，鯨魚真的會游泳，老鷹真的會飛、獅子真的跑得很快、水母真的會發光……」阿琪解釋得眼睛都快凸出來了：「通通都是真的！不信，您問三十三號。」

三十三號是暑假期間唯一去過阿琪家的同學，聽到阿琪說到她，特別點點頭：「對啊！」

「真的？那老師可以去參觀一下嗎？」老師也好奇了起來。

「好啊！」看老師好像有點相信，阿琪鬆了一口氣。

當天中午放學後，阿琪帶老師回家，請老師先在客廳等。

「這就是我的寵物盒……」沒多久，阿琪從房間搬出一個透明塑膠盒，盒子裡面懸吊著一顆保麗龍球，保麗龍球下方有個小水盆。

「這是蟻窩嗎？」老師說了一個很有學問的名稱。

「對。」阿琪將盒子擺在桌子上，然後，開始點名：「鯨魚、獅子、老鷹、水母、山羊、蝴蝶、海豚……出來吧！」

隨著阿琪的口令，保麗龍球表面的小洞中，陸續鑽出好幾隻螞蟻，有的快速在球上奔跑，有的直接掉落到水盆中，開始游泳，有的離開保麗龍球，在塑膠盒裡飛來飛去……

「啊！這……」老師看得驚呼連連：「這……這真是太不可思議了！」

看著老師的反應，阿琪覺得有一點點得意。

老師指著盒子內令人眼花撩亂的螞蟻：「妳認得出每一隻螞蟻嗎？」

「當然認得！」阿琪說。

「妳真是好眼力。」老師讚美阿琪，同時問道：「不過，這些螞蟻怎麼這麼聽話，妳如何訓練的呢？」

「不用什麼訓練，只要每天餵牠們一些老虎油。」阿琪回答。

「有這種東西嗎？」老師聽得滿頭霧水。

「有啊！您等一下……」阿琪立刻跑進房間，拿一小瓶老虎油出來給老師看。

「吃了老虎油的螞蟻，就會聽話嗎？」老師又問。

「會。」

「妳怎麼會有老虎油？」老師再問。

阿琪猶豫了一下：「如果，這是個祕密，我說了，您會保密嗎？」

「當然會！」老師堅定的說：「更何況，我是老師欸！」

「好！我告訴您……」阿琪放低音量，看著窗外，回憶起來：「這個暑假的第二天，我為了『我的寵物』那篇作業，於是走到貢丸村的菜市場散散心……」

阿琪說，那時，她經過一個賣冷壓油菜籽油的攤位，被一聲宏

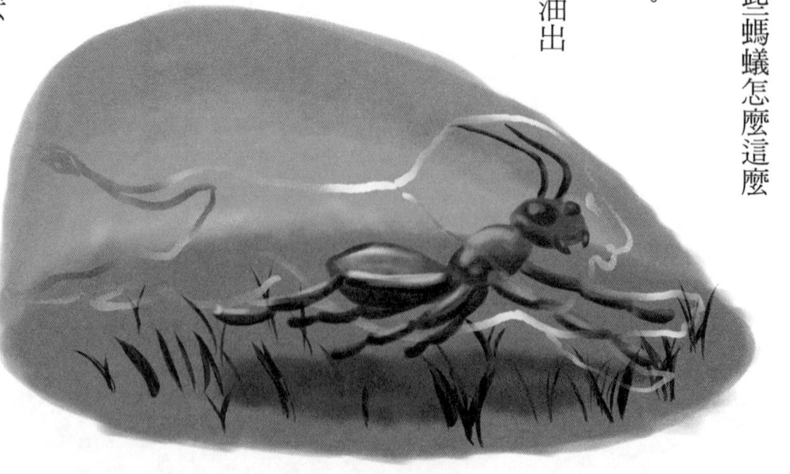

亮的聲音提醒：「小朋友，抬頭挺胸啊！別垂頭喪氣……」

「我只是垂頭，沒有喪氣，心情還好……」阿琪停下腳步，感謝攤販的問候，並解釋自己沒有寵物，正想著怎麼完成作業……

「別擔心，只要妳有愛，任何被妳認真照顧的動物，都是妳的寵物。」攤販老唬為阿琪打氣。

「謝謝您的鼓勵。」阿琪聽完，信心滿滿，思緒輕快飛轉，開始想著，除了爸媽不准的鳥、貓、魚、狗，有哪些小動物可以在家照顧、又可以養在家裡，邊想邊說：「嗯……壁虎、蚊子……蜘蛛、蟑螂、螞蟻……」

「不錯哦！」老唬頻頻點頭。

「可是……」阿琪遲疑了一下：「壁虎會斷尾、蚊子會吸血、蜘蛛會到處吐絲、蟑螂會嚇到媽媽、螞蟻會偷吃東西……」

「別擔心，只要妳有愛……」老唬看阿琪還滿真心的，於是從攤位的桌子下，摸出一小瓶金黃澄淨的油：「這瓶油送妳，讓妳養妳想養的動物……」

阿琪看了看攤位上的油罐標籤，有點疑問：「這不是油菜籽油嗎？」

「這不只是油菜籽油……」老唬說這一小瓶油是不賣的，是油菜籽油製作過程的最後一批，他留下來分裝成好幾小瓶，用來天天祝福、感謝蘊育油菜的所有土地，每個月，他都會拿著油，到田地裡去滴個幾滴，讓土地平平安安，保持生命力……「妳拿去，這瓶油有著我的祝福，它也可以讓妳想養的動物聽話乖巧，只要妳有愛……」

「嗯，好的，真是謝謝您。」阿琪聽完老唬講的一小段往事，莫名的感動浮上心頭，接下了老唬手中的那瓶油：「請問您的大名是……？」

「老唬。」老唬回答。

「謝謝老虎叔叔！」阿琪覺得老唬的名字很有霸氣，再次恭敬的向他深深一鞠躬。之後，她考慮了一下，跟老唬說：「我決定回去用它來養螞蟻。」

「好好好……，祝福妳，回去養妳的寵物、完成妳的作業吧……」老唬和藹的笑著說。

後來，向老唬道別後，回到家裡阿琪，找了一個塑膠盒，用那小瓶「『老虎』油」來餵螞蟻……，果然，如老唬所說的那

樣，養出了一盒聽話乖巧的螞蟻，甚至，還會飛、會游泳……

「大概是這樣。」阿琪說完一個段落，停了一下，跟老師說：「另外，我也要謝謝您出了那樣的暑假作業，讓我有機會得到老虎油，養一盒屬於自己的寵物。」

「不客氣，那是妳的幸運。」老師微笑的回答。

「老師，對不起……」阿琪瞄了一下時鐘，突然發覺時間有點晚：「我爸媽快要下班回家了，他們如果知道我養螞蟻，肯定會把牠們丟掉，我得先把寵物盒收起來。」

「好的，那妳先忙。」老師說著，一邊起身，準備離開。

「各位注意，通通回家！」跟老師道別後，阿琪一聲令下，寵物盒內所有的螞蟻，不到三秒鐘，全都鑽進那個畫著地球顏色的保麗龍球裡面！

——原載二〇一四年十二月十九～二十日《國語日報・故事版》

編委的話

● **柳柏宇：**

真是太神奇了，餵了老虎油的螞蟻就可以聽人類的話了，我也想要一罐老虎油，我要把它拿來餵獅子，這樣我就可以騎著獅子大搖大擺的走在路上了，所以，我下次一定要留意菜市場有沒有賣老虎油。

● **游巧筠：**

我一開始也跟文中的老師一樣，小女孩家裡怎麼可能養了那麼多的寵物，後來聽小女孩的講解總算懂了一些，看完整篇文章又更了解了。我覺得文中那瓶「老虎油」很厲害，只要任何動物吃了「老虎油」就會變得聽話，一定有許多爸爸媽媽想要。我覺得文中的「老唬叔叔」只要你有愛，做什麼事都會做得成。

● **劉昶佑：**

我覺得作者的取材和標題都很吸引人，因為當我第一次看到這個題目的時候心裡正想像著什麼是寵物盒呢？是裝著寵物的盒子嗎？但是跟我猜想的卻不一樣。我覺得作者的取材很奇特，這個寵物盒裡面裝的不是別的，而是「螞蟻」，但是文中的老虎油真令人好奇在哪裡買，竟然可以讓螞蟻乖乖聽話，我也好想要有一個喔。

最棒的聖誕卡片／王家珍

◎ 插畫／李月玲

作者簡介

一九六二年出生於澎湖縣。曾任英文漢聲雜誌社文字編輯、兒童日報新聞編輯、現專職寫作。作品曾經獲得民生報童話獎、海峽兩岸童話獎、宋慶齡兒童文學獎、中時開卷版最佳童書獎、聯合報最佳童書獎、金鼎獎。

童話觀

熱愛寫童話、沉浸在童話世界。

童話要情節有趣、文字易讀優美、碰觸人心溫柔小角落，帶給人們心靈上的撫觸。

童話要推廣「全人閱讀」，忙碌中年人務必閱讀童話、返老還童的老人們也很適合讀童話。

冷涼舒適的秋風吹過來，變黃或變紅的葉子紛紛落下，大地一片繽紛多彩，才剛剛把萬聖節的裝飾品收好，聖誕節的腳步就悄悄靠近。

狐狸狗米蓋邀請好朋友虎斑貓麗莎，到文具店選購聖誕卡片。

各式各樣的聖誕卡片排在文具店的架子上，就像「花卉博覽會」的各種花兒，繽紛多彩，讓人眼花撩亂，難以決定。

麗莎貓沒有零用錢，什麼卡片都不能買，所以她並不認真的逛，倒是米蓋狗口袋飽飽錢多多，非常起勁的挑選卡片。

米蓋狗拿起上面附有月曆的卡片說要送給媽媽；又挑了一張畫著熱氣球的卡片送給爸爸；立體聖誕樹卡片，他要送給狼狗菲立蒲；附有彈簧的麋鹿卡片，拿來送給吉娃娃彼得最適合；需要自己動手組合成蹺蹺板的卡片，準備送給手指靈巧的松鼠馬諾林……

最後，米蓋狗又挑了幾張雲彩紙、幾張貼紙和一些彩色筆。

在文具店逛了兩個多小時，米蓋狗買了三十多張聖誕卡片，要送給親朋好友，可是，沒有一張是要送給麗莎貓的。

這是怎麼回事？麗莎貓不是米蓋狗最棒的好朋友嗎？為什麼米蓋狗沒有準備買卡片送給麗莎貓呢？

麗莎貓沒有把心事說出來，可是米蓋狗感覺得到麗莎貓的疑問，他笑嘻嘻、假裝不

經意的說：「你一定覺得很奇怪，為什麼我沒有送卡片給你，對吧？那是因為你是我最好的朋友嘛，幾乎每天都見面，哪裡需要送什麼鬼卡片啊？我從來沒看過你買卡片，可見你一點兒也不需要卡片，對吧？走走走，天黑了，我該回家寫卡片囉。」

麗莎貓回家之後，為了這件事情，躲在房間裡難過了很久，米蓋和他的爸爸媽媽不也是每天都會見面嗎？為什麼要送卡片給他們，卻不送卡片給我？不過，她突然想起米蓋狗買了幾張雲彩紙和畫圖工具，「該不會是要親手做最特別的卡片給我？」麗莎貓心中又充滿了希望和期待，她就是這樣的個性——對每件事情總是抱持信心，不輕易絕望。

第二天上學的時候，麗莎貓看到米蓋狗從書包拿出一大疊卡片，認真的在卡片上寫字、畫圖，在信封上寫地址的時候，還畫上可愛的小圖案。以前，麗莎貓會湊過去欣賞、出主意，甚至動手幫忙，此時此刻，麗莎貓根本不想靠近米蓋狗，不想再次確認米蓋狗沒有準備給自己的卡片這回事。

麗莎貓拿出聯絡簿，老師規定每天都要寫兩百個字的小日記，她決定把這件事情寫上去：今年聖誕節和新年的時候，誰會收到聖誕卡片，誰不會收到聖誕卡片呢？我想，只有「怪咖」才不會收到聖誕卡片吧。那麼，誰是「怪咖」呢？

麗莎貓抬起頭，仔細的看著班上的幾個公認的「怪咖」：小土狗保羅正在挖鼻屎，還把挖出來的鼻屎津津有味的吃下去，好噁；貴賓狗蘇珊娜不厭其煩的梳理自己捲翹的短毛，梳下來的毛球在地上翻滾，她從來不清理，好懶；小倉鼠約翰抱著一顆顆大地瓜，不停的啃啃啃，嘰嘰呱呱的聲音像魔音穿腦，好煩；渾身長滿蝨子的波斯貓湯瑪士，被隔絕在透明壓克力箱子裡，拚命的抓癢，好髒；米蓋狗還是努力不懈的寫卡片、畫信封套，好幾位同學圍在他身邊，拍他馬屁，看了好生氣。

麗莎貓看著、想著：應該沒有誰會寫卡片送給這些「怪咖」吧，糟糕，米蓋狗怎麼被自己列入「怪咖」一族了？敏感又小心眼的自己，會不會也是大家眼中的「怪咖」？難怪我從來沒收到卡片，連生日卡片也沒收到過，被大家討厭、被大家忽略的感覺真的很糟糕。

麗莎貓突然想看看自己的模樣，匆匆忙忙跑到廁所洗手台前，盯著鏡子裡的自己看了又看：雖然我看自己很順眼、很可愛，可是我該不會真的是大家心目中看了就礙眼的「怪咖」吧？雖然米蓋沒有準備送我卡片，可是我壓根也沒想要送卡片給他呀，這很公平、沒什麼好奇怪的？雖然我沒有零用錢，但是我會畫圖呀，為什麼我總是用「沒有零用

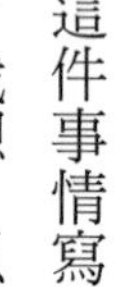

錢」這幾個字當藉口，從來不送卡片給米蓋，或是其他同學呢？

麗莎貓打開聯絡簿繼續往下寫：如果從來沒收過卡片的「怪咖」，生平第一次收到聖誕卡片，肯定會非常開心吧！

儘管米蓋狗沒有準備麗莎貓的卡片這回事，讓麗莎貓傷心難過了好幾天，卻也讓麗莎貓反省了自己的行為，並且準備大刀闊斧的修正「錯誤」，她是典型的巨蟹座，知錯必定立刻改，而且要徹底的、一百八十度大反轉的改過！

接下來的幾天，麗莎貓都非常努力的做卡片，準備送給她心目中從來沒收過卡片的「怪咖」。她努力的畫圖，思考溫馨動人的祝福句子，簽上「聖誕老公公敬上」幾個字，信封上還畫了一隻黑貓咪。

麗莎貓想得很透徹：如果，從來沒有收過聖誕卡片的「怪咖」，突然收到署名聖誕老公公送來的卡片，會開心得在地上打滾幾百圈吧！

麗莎貓就是這樣「一廂情願」的個性，每次都用自己的想法來忖度別人的反應和心情，猜對的話，大家歡喜；猜錯的話，惹得大家滿肚子怨氣，有時候還會因此破壞了友誼。俗話說得妙：「江山易改，本性難移。」經過多次教訓與打擊，麗莎貓還是這個個性，不改。

瞧！為了代替聖誕老公公在卡片中寫上最恰當的祝賀詞，麗莎貓很認真的觀察那幾

位「怪咖」的優點。

小土狗保羅雖然很喜歡挖鼻屎、吃鼻屎，但是他打掃的時候都很認真，把地板掃得很乾淨，麗莎貓誇他是「宇宙無敵清潔先生」。

貴賓狗蘇珊娜即使每節下課都不厭其煩的梳理自己捲翹的短毛，但是她畫的圖畫非常漂亮，顏色豐富、線條流利，麗莎貓說她以後一定是個「大藝術家」。

小倉鼠約翰雖然每天吃地瓜吃個不停，但是同學吃不下的便當，他都會幫忙吃光光，絕不浪費食物，麗莎貓封他為「節能減碳第一把交椅」。

波斯貓湯瑪士身上的蝨子清乾淨了，志願擔任「清除蝨子義工」，安慰長蝨子而被隔絕的同學，麗莎貓說他是「貼心大使」。

那隻每天都把頭縮在殼裡的小烏龜阿儒，不知道他在想些什麼？不知道他喜歡什麼？麗莎貓想了很久很久，終於想到最恰當的祝賀詞——默默守護大家的神祕小天使。

「要不要也畫卡片送給米蓋呢？他的朋友很多，應該會收到很多精緻的聖誕卡片，還會在乎我畫的『陽春』卡片嗎？」麗莎貓想了很久很久，難以決定。

十二月二十三日，貓頭鷹老師宣布：明天一大早，老師會在桌上放大箱子，要大家把準備好的卡片放進來，最後一堂課的時候，老師會打開箱子，把裡面放著的卡片發給大家。

十二月二十四日當天，麗莎貓起了個大早，第一個到學校，趁大家都還沒到校，把一疊卡片塞進箱子。

最後一堂課，貓頭鷹老師請大家喝汽水、吃巧克力和蛋糕，接著打開箱子，把信封上的收件者姓名念出來，被念到名字的幸運兒，都會開心的衝上台去領取。

班上那幾位公認的「怪咖」，本來以為自己像去年一樣，不會收到卡片，所以也沒有準備卡片，他們對於這樣「無聊的活動」有點意興闌珊的樣子，當貓頭鷹老師念到他們的名字，他們都露出非常驚訝的表情！就連班上同學也以為自己耳屎太多，聽錯了，怎麼會有誰送卡片給這些「怪咖」呢？太陽打西邊出來了？天空下起紅雨了？糖果變成鹹的了？

那幾位班上公認的「怪咖」不可置信的上台、驚喜的收下卡片、懷抱好奇心打開卡片、開心的看到卡片下方的署名「聖誕老公公敬上」、害羞得露出罕見的迷人笑容。看來，他們真的非常感動呢，看到他們珍惜的把卡片抱在胸前，臉上露出幸福的表情，麗莎貓真想跳上去擁抱他們，真心祝福他們：聖誕快樂，每天都快樂。

「小豬毛毛，你的卡片。」貓頭鷹老師叫到小豬毛毛時，臉上表情有些訝異，誰會送卡片給小豬毛毛啊？他的個性孤僻、脾氣怪異，只要沒吃飽就會生氣，對大家都是惡臉相向，大聲吼叫，嚇得大家紛紛躲避。

小豬毛毛扭著圓圓肥肥的屁股，不甘不願的上台領取卡片，回到座位之後，粗魯的撕開封套，迅速把卡片看了一遍，就把卡片塞進便當袋，嘴裡不斷的抱怨著：「齁！有夠討厭的，是誰假冒聖誕老公公送我卡片啦？我根本不稀罕卡片，我最討厭收到卡片的感覺，煩死了。」

小豬毛毛坐在座位上，不安的扭動身體，他戳戳旁邊白鼻心阿彥，問他：「你知道是誰假冒聖誕老公公送卡片給我嗎？」

白鼻心阿彥說：「誰會假冒聖誕老公公啊！聖誕老公公送卡片給你，是你的福氣，他就沒送給我，不公平。」

小豬毛毛生氣的說：「什麼福氣？我才不稀罕這樣的福氣，哼！你想要卡片，我這張給你。」小豬毛毛邊說，邊從便當袋裡拿出麗莎貓假借聖誕老公公送給他的那張卡片，丟給白鼻心阿彥。

白鼻心阿彥發現卡片上頭沾到便當袋的油漬，馬上丟回給小豬毛毛說：「喂！你很討厭耶！不喜歡的東西幹嘛丟給我？好噁心。」

卡片沒有丟準，掉到地上，小豬毛毛一腳踩住，也沒有拿起來的意思，就那樣踩著。

麗莎貓在旁邊聽到小豬毛毛和白鼻心的對話，又看到自己精心繪製的卡片被小豬毛毛踩在腳底下，瞬間就像洩了氣的皮球，頹喪的趴在桌上。

麗莎貓當然記得自己在卡片中如何誇獎小豬毛毛——足球天王。小豬毛毛最會踢足球，他的鼻子是把足球頂進球門的最佳武器。現在足球天王把她精心繪製的卡片踩在腳底下，夠諷刺的了、也傷透了她的心。

偏偏坐在她後面的土狼阿花苛薄的說：「有沒有發現？收到署名聖誕老公公卡片的，都是班上的怪咖？搞不好是他們自己寫卡片給自己，真是厚臉皮。」

麗莎貓聽到土狼阿花講出這樣的話，不禁嚇紅了臉，她以為是對這些同學好，認真的畫卡片給他們，殊不知更凸顯他們的「怪」，也顯示出麗莎貓其實是「瞧不起」這些怪咖？麗莎貓難過得趴在桌上。

米蓋狗除了收到二十多張繽紛美麗的聖誕卡片，也拿到署名「聖誕老公公」的卡片，他看到上面的圖畫，就知道是麗莎貓畫的；他看到工整秀氣的字跡，就知道是麗莎貓寫的；他看到信封上那隻坐姿非常端正的黑貓，就知道這是麗莎貓送給他的卡片。

可是……米蓋狗真的把麗莎貓忘得一乾二淨！他送出十多張卡片，上面沒有一個名字寫著麗莎貓。也許，麗莎貓在他身邊太久，他已經把麗莎貓當成空氣、當成白開水、當成鹽巴、當成……可有可無的路人甲？還是路人乙？自己怎麼會這樣粗心大意？米蓋狗看看麗莎貓，發現她趴在桌上，一臉沮喪，就難過得低下了頭。

麗莎貓趴在桌上，心情很糟糕：以前，我對同學既不體貼也不關心，從來沒有送卡片給同學，今天，只因為我被米蓋狗忽略，知道了被「略過」的難堪，興致勃勃的做卡片給這些被我歸類成「怪咖」的同學們，他們就得開開心心的配合我，表現出開心、感動、感恩的樣子嗎？

他們會收到我送的卡片，是因為我認為他們是「怪咖」呀！我好像對他們好，其實是先否定了他們，我怎麼會這麼糟糕呀！

麗莎貓到此時此刻，才覺悟到自己的傲慢，她看著那幾位拿到自己送的卡片的同學，心中滿是抱歉。

麗莎貓感到非常難過，難過得想哭！如果不是在課堂上，麗莎貓的眼淚就會痛快的滾下來了。

貓頭鷹老師說：「虎斑貓麗莎，給你的卡片。」

麗莎貓愣了一下，我也有卡片？她鎮定的上台領取卡片，回到位置後，小心翼翼的拆開卡片，原來是每次都把頭縮在殼裡面的小烏龜阿儒親手畫給她的卡片。

卡片正面是全班同學在聖誕樹下開心歡笑的畫面，裡面是小烏龜阿儒用工整的字體寫著：

親愛的麗莎貓：

雖然我們不是好朋友，但是我很欣賞你，很喜歡看見你燦爛的笑容，祝福你聖誕節快樂，新年有新希望。

小烏龜阿儒　敬上

麗莎貓看著小烏龜阿儒，他正把頭偷偷伸出來偷看麗莎貓，一發現麗莎貓對著他笑，馬上縮回殼裡去，一顆心跳得好快好快！麗莎貓的心，也跳得好快好快！剛剛才被小豬毛毛的舉動、土狼阿花的話和自己的反省推進萬丈深淵，嚐到了苦澀又複雜的難過滋味；馬上又被小烏龜阿儒的溫馨卡片拉上天堂，體會到被關心、被體諒的喜悅，麗莎貓的心情好複雜，一下子開心得想要大笑、一下子難過內疚得想哭！

貓頭鷹老師說：「小烏龜阿儒，你的卡片。」阿儒的頭猛然伸出來，露出驚喜的臉孔，大聲說：「我也有卡片？我第一次收到卡片！」小烏龜阿儒第一次在教室裡，這麼大聲的、說出這麼一長串話，然後，當他發現大家都盯著他看，就害羞得又縮回龜殼裡去了。

麗莎貓決定「好人做到底」，代替他上台領取卡片，把卡片放在他身邊，還輕聲告訴他：「謝謝你，可愛的小烏龜。」

哇！小烏龜阿儒這時候肯定非常害羞，因為他的殼都變紅了！等他終於鼓起勇氣看看到底是誰送他卡片的時候，他的臉更紅了，因為他一直都很喜歡麗莎貓，常常注意著麗莎貓，所以馬上就知道手中這張署名「聖誕老公公」的卡片，就是麗莎貓的筆跡嘛！麗莎

貓說他是默默守護大家的神祕小天使，讓他非常開心，好像身在快樂天堂。

下課鐘聲響起，全班度過開開心心的聖誕同樂會，吃飽喝足，帶著愉快的心情放學。

幾天之後的新年，麗莎貓收到米蓋狗補送的新年卡片，她開開心心的接受了，也把這張遲到的卡片放在小烏龜阿儒送的那張卡片旁邊，她跟米蓋狗還是很好的朋友，還是一起逛書局、文具店，不過，她也開始學會把時間分出來，念書給小烏龜阿儒聽；跟蝨子已經清除乾淨的波斯貓湯瑪士爬樹；陪爸爸在院子裡種香草；跟媽媽逛街喝下午茶。

麗莎貓告誡自己——再也不可以把「怪咖」這個詞兒，冠在同學的身上，如果自己覺得某些同學是「怪咖」，那麼自己肯定是超級白目的大「怪咖」了。她試著關心每位同學，對於只想把自己緊緊裹起來、躲著大家的小豬毛毛，她也能體諒他，盡量不去干擾他。

麗莎貓不知道的是——小豬毛毛回家以後，把「聖誕老公公」送的卡片，裝進塑膠袋包好，貼在書桌前方，他很開心收到卡片，這可是他這輩子的第一張卡片呢。

麗莎貓寫了一張卡片寄給聖誕老公公，跟他解釋自己「冒用」聖誕老公公簽名的理由，她相信聖誕老公公一定會接受她的道歉——唉呀！麗莎貓的一廂情願個性，還真難改呢。

第二年聖誕節前一個月，麗莎貓正在操心到底要送卡片給誰，要不要送卡片給全班每位同學呢？還要寫卡片給小豬毛毛嗎？要簽上自己的名字，還是簽聖誕老公公的名字呢？萬一被認出字跡，發現去年那個聖誕老公公的簽名，其實是自己的簽名，會不會被說自己愛現又厚臉皮呢？一大堆莫名其妙的煩惱充斥在她心頭，把她搞得心慌意亂！

結果，貓頭鷹老師宣布了新的送卡片規則——全班抽籤決定要送卡片給誰，這樣的話，每位同學都只要寫一張卡片就好了，每位同學也都會很公平的收到一張卡片。

麗莎貓聽了老師的規定，著實鬆了一口氣，要不是貓頭鷹老師這樣規定，她哪有時間做三十六張卡片送給全班同學和貓頭鷹老師啊！

聖誕夜那天，貓頭鷹老師跟全班同學度過溫馨快樂的聖誕同樂會，麗莎貓精心製作的聖誕卡片送給家裡開糕餅店的可愛小狐狸阿玉；她也收到米蓋狗送給她的超華麗卡片，不但是立體卡片，還是會唱歌的音樂卡片呢。

剛好就是米蓋狗抽到麗莎貓，你說，是不是非常巧合呢？

放學之後回到家，麗莎貓坐在書桌前，仔細看著米蓋狗送給她的卡片，閉起眼睛傾聽卡片裡面播放的聖誕音樂。

「叩叩叩！叩叩叩！」是誰在敲她的窗子啊？麗莎貓看著窗外，一隻白鴿在敲她的窗子，發現麗莎貓在看他，就把嘴巴裡叼著的卡片，放在窗台上，拍拍翅膀飛走了。

麗莎貓打開窗子，拿起卡片，看著天空，剛剛那隻幫她送卡片來的鴿子，從哪裡飛來的？又飛到哪裡去了呢？卡片封套上貼著很漂亮的外國郵票，還有麗莎貓的簡筆畫像，她打開卡片，裡面寫了幾行難以辨認的外國文字，還有幾幅漫畫，麗莎貓看著看著，突然開心得大笑起來，「哇！輪到我中頭獎了！」這好像是聖誕老公公親筆回給她的卡片，這

真是最棒的聖誕卡片啊！

——原載二〇一四年十二月十～二十五日《國語日報・故事版》

編委的話

● **柳柏宇：**

很多人一旦有了錢就會聚集許多酒肉朋友，而忘了真正好朋友的存在。作者的筆法真特別，麗莎貓送怪咖卡片，後續一定會寫麗莎貓很有同情心之類的。可是作者並沒有這樣寫，而是寫麗莎貓因為這個舉動分類怪咖而內疚。

● **游巧筠：**

雖然這篇文章的角色只是動物而已，但是文中虎斑貓麗莎的舉動很值得我們學習，她努力的試著看到班上每一個人的優點，就算別人沒有寫卡片給她，她還是花費自己的時間做卡片給大家，每一個人都有自己獨一無二的特點，我覺得這篇文章告訴我們不要時時只想到他人的缺點。還有，麗莎貓看到有人把自己寫的卡片踩在腳下，還先自我反省這樣指出別人的優點是不是太直接了，她跟一般人不一樣會先自我反省，她這點做的也很好。

● **劉祀佑：**

我覺得這篇故事主要是在提醒人們，當遇到與自己陌生或者是不順眼的人，請拔下你的有色眼鏡，看清楚他們的樣子以及一舉一動，再去評斷這個人對你來說是不是還沒辦法相處。而且麗莎貓的卡片被扔到地上的時候，她似乎也了解到當初把怪咖這個稱號帶到他人身上的不是別人而是自己。人總是用自己來做為交友的標準，但是也不知道別人也是這樣看自己的。

卷五

哇！真是大吃一驚

神奇的！先生／林世仁

◎ 插畫／卡森・OAOstudio

作者簡介

文化大學藝術研究所碩士，曾任英文漢聲出版社副主編，目前專職創作。作品有童話《魔洞歷險記》、《字的童話》系列、《換換書》、《11 個小紅帽》、《流星沒有耳朵》、《小麻煩》，童詩《文字森林海》、《誰在床下養了一朵雲？》等四十餘冊。曾獲金鼎獎、國語日報牧笛獎童話首獎、聯合報和中國時報年度最佳童書等。

童話觀

童話，是用「童心的話語」所創作出來的幻想故事。

童心，是以「新鮮的眼光」來看這個老舊的世界。

！先生出生時，全世界都嚇了一跳！

「哇，妳生了一個驚嘆號！」醫生差點昏倒。

「你看妳，這麼愛讀書，讀到都生出標點符號了！」爸爸也向媽媽抗議：「下次，我可不准妳生一個文字出來！」

記者可高興了！「請問標點符號媽媽，妳什麼時候再生一個『，』、『。』或『……』？」

媽媽才不理他們呢！她抱起！，親親他：「哇，好可愛！我要叫你小球棒！」

小球棒對什麼事都很好奇，看見什麼都好興奮！

他最愛說的話，就是「哇！」「耶！」「吆——喝！」

第一次跌倒：「哇！好痛！」

第一次照鏡子：「耶！真帥！」

第一次盪秋千：「吆——喝！好好玩！」

他最愛吃辣椒醬：「哇，好刺激！真夠味！」

小球棒就像一顆強力電池！只要有他在，大家都變得充滿活力、好有精神！大家一下就喜歡上小球棒。

只可惜，他長得太快了！

第一天一歲，第二天兩歲，第三天三歲……才過一星期，他就七歲大了！

七歲大的小球棒還是只有零點五公分高！但是他決定去環遊世界。

「你想去看什麼？金字塔？萬里長城？玉山還是阿爾卑斯山？」

「都不是！」小球棒搖搖頭：「我想找一個不一樣的地方！我要去尋找一件最令人驚訝的事——嗯，要讓我連續驚歎七次才行喲！！！！！！！」

小球棒戴上小小棒球帽，出門了！

他跑得可快呢！小圓點就像輪子，慢一點，是腳踏車輪子；快一點，是汽車輪子。衝起來，比風還快！

在城市東邊，小球棒看到兩個人「黏」在一起，在吵架。

「都是你！一邊走路一邊看手機，撞翻我的包包！」

「氣死我了！明明是你！沒事帶那麼多快乾膠，害我們兩個黏在一起，分不開！」

兩個人的胸部被膠水黏在一起，空出來的手腳可不偷懶！你拉我，我踢你，還比賽誰的口水噴得多、臉脹得紅！

一位雕塑家經過，幫他們調整了一下姿勢。

「反正都要等警察來，不如擺得好看一點……嗯……這樣就對了！」雕刻家在兩個人腳前擱上一個牌子，為他的「即興創作」提了一個名字：「怒火之花」想了想，他又把這四個字畫掉，改成「明天也要在一起！」

小球棒覺得好好笑：「真不可思議！」

在城市西邊，小球棒看見一隻流浪狗。他跳上牠的尾巴，悄悄跟了一天……哇，小球棒的眼淚流了下來！

「噓！滾！走開！」流浪狗被趕了一百次。

「嗷嗚！嗷嗚！嗷嗚！」流浪狗被踢了十下。

「嗚！嗚！嗚！好餓呀！」流浪狗只啃到一根骨頭。

才趴下來，跳蚤就開始咬流浪狗的瘦肚子！

小球棒幫牠趕走跳蚤，祝福牠幸福。一轉身，他忍不住又哭了起來：「嗚，流浪狗好可憐！！」

離開城市，沙漠中，一位魔法師在表演「海市蜃樓」。

他手一揮，沙漠上就出現大帆船。

再一抖，一大片雨林就出現眼前！

機器城、摩天樓、海底世界……輪流出現。

「最後，我要送一首歌到太空去。」魔法師指著小球棒：「你想不想乘著歌聲的翅膀，環遊世界呀？」

「要！要！要！」小球棒好興奮。

「預備——飛！」魔法師點出一首〈高山青〉，小球棒趕緊抓住最後一個音符！

「高山常青，澗水常藍！姑娘和那少年永不分呀，碧水常圍著青山轉……」

哇——好過癮啊！！！

歌聲繞著地球飛……繞第三圈時，小球棒想跳到一隻老鷹背上，一不小心，沒跳準，往下掉……

「噗通！」他掉進海水裡……不，不是海水……

是一位發呆巨人的腦海！！！

「咦，我正在想事情，你怎麼冒出來了？」巨人抓抓頭，又驚訝又興奮：「耶！我想出一個驚嘆號！今天一定有好事情！」

晚上，巨人作夢，小球棒趕緊逃出巨人的腦海，溜進「夢廣場」。

哇，大家的夢都好好玩！！！！

有人夢到在追恐龍公車：「快！快！快！上班要來不及了！」

有人夢到被獎狀追著打：「哇，饒命呀！饒命呀！」

有人夢到生日禮物是小貓熊圓仔：「哇，好可愛！」

有人夢得糊裡糊塗：一隻長頸鹿＋一朵雲＝一隻「雲圈圈鹿」！

天快亮了，他看到遠處有一片海藍藍、亮閃閃的地方，忍不住靠過去……

「噗通！」一聲，他又掉進一位作家的腦海裡！！！！！

「啊，這個靈感真好！」作家一醒過來，就抓起枕頭邊的本子，「嘩！嘩！嘩！」把靈感寫成故事。

「咚！咚！咚！」小球棒覺得自己被打進電腦。

「轟！轟！轟！」小球棒覺得自己被印成書，跟著一堆文字，跌進這本雜誌裡。

等一切都安靜下來，他才扭扭腰，站起來。

「！先生的故事？」他眼睛一亮：「哇，這一篇故事在說我耶！！！！！」

他從第一頁逛到最後一頁，數呀數……「萬歲！每一頁都有我！」

小球棒好興奮，那股興奮熱燙燙、暖亮亮，從書頁傳到讀者的手指頭……所有人一翻開這本雜誌，就像觸了電：「哇，每一頁都好好看喲！」

大家都好興奮！

只有這一篇故事被嚇壞了！它一緊張，就忘了接下來要說什麼……

沒辦法，故事只好在這裡結束嘍！

我們下次見！拜拜！

——原載二〇一四年四月《未來兒童》第一期

編委的話

● **柳柏宇：**

這個故事的內容就跟它的標題一樣，非常的神奇，作者能以！做為主題真是史無前例，結尾時更是幽默，這篇故事非常的不錯。

● **游巧筠：**

標點符號有很多種類，但是竟然有作家會想到要拿標點符號來做主角⁉我們平常在使用標點符號時，幾乎常常忘了它的存在，但是有些想像力豐富的人們，不管看到什麼，都會先聯想到「如果把它當作主角，會產生什麼有趣的事情嗎？」因此每篇文章的角色都與眾不同。我覺得如果作者能把其他配角也改成各式各樣的標點符號，會比原來更有趣一些。但是像這樣只有小球棒是標點符號也會顯得他比較獨特。

● **劉昶佑：**

剛開始看到標題的時候我嚇了一跳，心裡正猶豫著到底什麼叫做〈神奇的！先生〉，這是我第一次看見，有作家用標點符號來寫作，並且寫得如此生動！故事裡的驚嘆號先生，每說一句話的標點符號幾乎都有！的出現，就像是作者怕我們忘記本文的主角是誰一樣，並且文中的語助詞也使用得恰到好處。但是我想問如果像文中的媽媽一樣太愛讀書而生出一個驚嘆號，那麼太懶的人要生出什麼東西來啊？

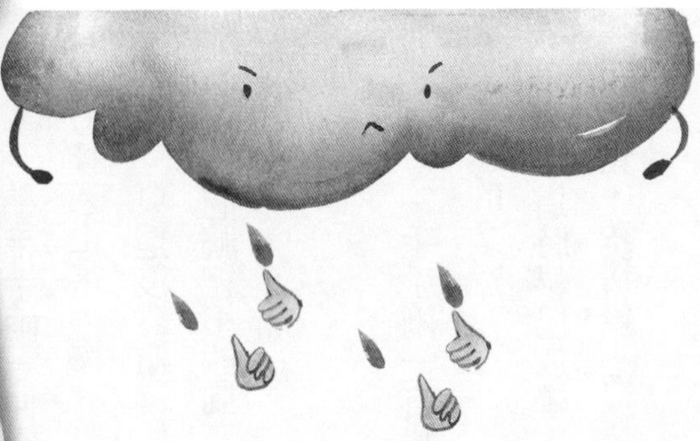

手手雨／陳昇群

◎ 插畫／劉彤渲

作者簡介

從宜蘭小孩變成宜蘭大人至今……

臺東兒文所畢業，當過很久很久的老師，總以為時間是在慢慢的走，現在只感覺光陰正在快跑！開始會緊握雙手把許多放在心中的故事寫下。

童話觀

童話集合了世上最美好的事物，都躲在我們的身邊不遠，不想錯過，便像玩躲貓貓般，一樣一樣找出來。

ㄅ

他在一堆橡皮擦屑屑中醒轉，鉛筆的碳末重新聚集、組合……慢慢出現「手手雨」三個字。

有一項規定，寫對的字是不會被橡皮擦擦到永遠消失的，不小心被擦了，也能重組回復原來的模樣。所以說，這三個字沒有被寫錯。

「手手雨」伸展伸展身子，端詳著自己，筆畫不多，簡單好認，寫得雖有點歪斜，但骨架正常，晃一晃，堅固得緊，沒散落。

只是沒寫錯為什麼之前會被擦掉？大問號哇！

問號總不能擱在心底，「手手雨」決定去尋找答案。

ㄆ

「手手雨」自我介紹：「大家好，我叫『手手』。請問大家，你們誰有見過『手手雨』的？」

這時早已放學，教室空空蕩蕩的，就在老師座位後面，有個杉木書架，擺滿了各類書籍，教科書、百科全書及繪本，原本都在休息，聽到手手響亮的問話聲，又全都醒來。

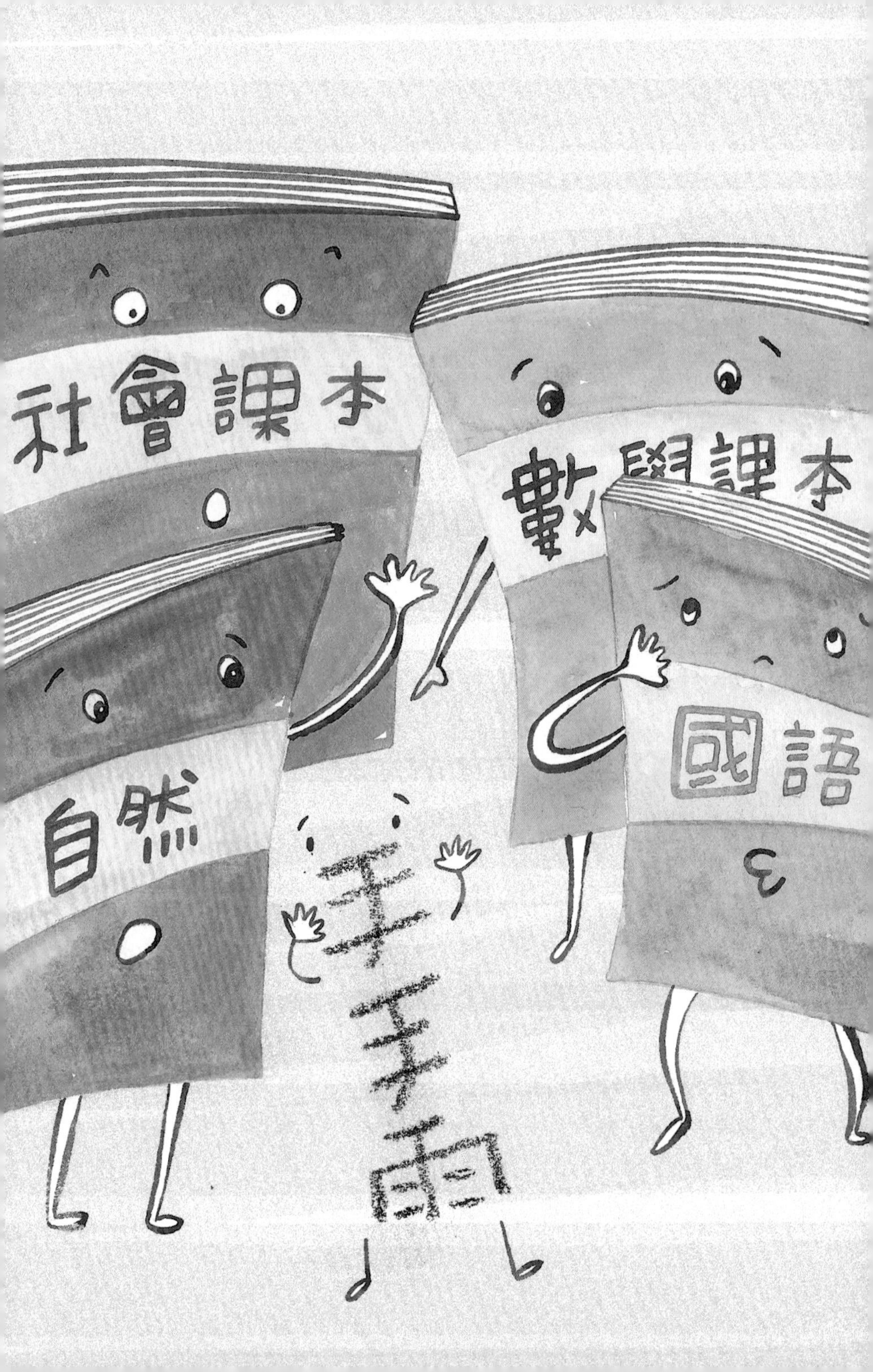
社會課本
數學課本
自然
國語

誰在喊？一看，是三個字。

「少見的名詞？」數學課本率先出聲：「1234我比較懂，但是你——」封面翻翻，轉頭問社會課本。

社會課本瞪大了眼睛，想半天：「什麼啊！你是手還是雨？」

健康課本指著不遠處：「我建議你去對面找國語課本問個明白。喏，那兒有疊書，他擺在最上面。」

來到對面桌上。

由於生字、語詞、句子和文章裝滿了肚子，國語課本立刻顯現他學識豐富的一面，與手手相談甚歡。「哇！少有語詞會想知道自己的身世意義！你太特殊了，歡迎歡迎。」國語課本親切又熱心，手手想，或許真能由他口中得知有關於自己的一切。

「謝謝你，我……」

國語課本盯著「手手雨」三個字：「奇怪！真是奇怪！」他把自己裡裡外外翻了一遍，再從頭細查，四周安靜異常。最後，國語課本仍宣布放棄：「抱歉，我找不到有你這個語詞。」

「連你都不曉得嗎？」

一旁的自然課本早已注意到了，以專業的口吻說：「雨，應該是一種大自然的現象，你可能是新發現的一種雨吧！不過，我同樣沒聽過你這個詞。」

這時國語課本才聞到手手身上有股橡皮擦氣味，「咦，你是錯別字？」

「不是。」手手說得堅定：「錯字擦了會不見，我卻還在。」

「也對。」國語課本仔細瞧，「手，手，雨，的確都沒錯。」

「如同鯨魚不算是魚，你是不是一種雨，需要查證？」自然課本打開「天氣」這個單元解釋。

說半天，仍搞不清楚自己到底是什麼？手手感到有一絲絲不安襲來。

「你來自何處？」

「不太清楚，好像……」

「對自己的第一次出現還有印象嗎？」

「我……似乎是被一個小女孩寫出來的。但接下來發生的事，已經沒什麼記憶了。」

「看字面上的意思，你應該是某種特殊的雨。據說，在島的東北部，兩縣的交界處，也就是三角形平原的西端，那兒像個畚箕尾，有個小埡口，每日午後開始收納當天的雲雨，所以一年四季都有不同的雨下著。」自然課本告訴手手：「據聞那兒是最接近天空的地方，藉由一條公路的連接，人煙不多，但有人常去膜拜雨神，你去那邊吧！相信會找

到你所要的。」

「有這樣的地方！叫什麼？」

「思源埡口……」

思源，手手喃喃念著地名，似乎影印了自己此刻的心情。

□

到戶外，手手試著放鬆身體，他盡量的放鬆，放得輕輕的，鬆得慢慢的……身上的一筆一畫像融化了，渲散開來，形成了水霧，灰灰濛濛的一團……

「我果然可以變化成雲！」手手從自然課本處，學會雨變回雲的方式。望著自己黑不溜啾的模樣：「是一朵烏雲喔。」

雨變雲，雲變雨，世上當然有手手雨囉！想到這裡，手手心上畫出一道希望的光芒。

輕盈盈起飛後，手手順利離開學校、越過幾座大樓，並乘上一道長長的季風向西飄去。沿途，村莊都縮小了，悠閒的在田野拚著色彩繽紛的地圖。

可能是身在高處，手手忽然覺得四周氣溫一降，身體彷彿被緊緊束著。這不行，雲一收縮，就會凝成雨滴往下落。

手手開始緊張，緊張更加速收縮！「保持輕鬆，要保持輕鬆……」視線模糊了，手手眼前湧起一片雲霧，由身上伸出成千上萬隻手掌，在空中揮舞……「原來這就是手手雨的樣子。」手手笑起來，自言自語：「不要！我要下『剪刀、石頭、布』，在半空中猜拳。」

「剪刀雨絲；石頭雨點；布是一塊雨簾。……」漸漸的，心中的緊張全給這場突如其來的想像推走了，手手並沒有化雨而下。

季風的勁道稍強，推著手手這朵雲，轉眼便來到蘭陽溪谷，掠過寒溪和留茂安，來到了四季村，手手讓自己棲在一棵雲杉樹頂憩息，眺望幾十幢屋宇散布的村落，享受人情的寧謐和蔬果的香甜，時間順著溪谷的翠綠色走到午間，太陽漸次西移，手手再度起身出發。過了最後一座部落，隔著幾重山嶺，等在縣境最角落的「思源埡口」，終於現身。

接納了翻湧而至的雲絮，午後的埡口，伸手不見五指，雲霧最濃的高處佇立了兩座山頭，是雲與雨精靈久遠的對坐姿勢，他們看來並不蒼老，眼光仍舊銳利，立刻發現全身漆黑團狀的手手。

雲精靈輕輕招呼他：「你是?好奇妙的一朵雲哪！」祂詫異的看著手手，伸出身邊帶著水露的枝椏，與手手擁抱，手手感到無比的緊張及興奮。

「這裡是雲雨的源頭，我來這裡是想明白有關手手雨的一切。」手手問。

沒想到雨精靈覷他一眼，直截了當說：「我從未見過有你這種雨。」

啊！即使是雨精靈也從未見過。

手手急了：「可是，這裡有千百種雲，千萬種雨——」

「別急，聽完再問。」雲精靈溫和的語氣，讓手手安心。

雨精靈哼一聲：「我說在這之前沒你這種雨，但這之後，嗯，我也想弄清楚，你的成形到底是怎麼一回事？」

手手愣住，自己如何成形的？不過是幾個字。

他想了一下，仍將事情的經過娓娓說給兩位精靈聽。

雲精靈聽了驚訝點頭；雨精靈則是鎖起眉頭：「真的是一本簿子上新造的語詞！那語詞誰造的？某位氣象學博士嗎？」

手手一驚，自己怎麼沒想過這樣的事。印象依稀中，是個小女生寫下了「手手雨」。

那小女生是不是曾看過有下的全都是手的一場大雨，才寫下了自己？或是有其它原因？難怪到處都問不出自己的身世。

原來如此，手手雨是全新的名稱，也是唯一雨精靈不知道的名稱。

雲精靈輕柔安慰：「一看到你，就感覺你是如此的與眾不同。試著回到原本的地方吧！那裡才有你要的答案。」

「找到答案回來說明。」雨精靈這樣說。

「我很好奇，也很期待呢！手手雨，嗯，該是多美的一場雨。」雲精靈這樣說。

二

離開了雲雨家鄉，手手用飛快的速度下山，他回到了平原，回到了學校，熟悉的那間教室正在上課。

手手本不想打擾，心一動，想看看那位小女生是誰？於是變回三個字，選個角落待著。

課堂上，老師和小朋友一起利用新學的語詞造句。許多同學都上台造出順暢的句型，最後是個小女生，畏畏縮縮的站在黑板前，持著粉筆，手抖著，一句也寫不出。

等了好一陣子，底下響起好大的一聲：「老師，子筠不會寫啦，她連明天的明，都可以把日和月寫顛倒了。」手手聽到，瞬間好像被電了一下！

「對呀！她毛毛雨都可以寫成手手雨。」教室哄堂大笑，手手心頭卻像被雷打到。

「毛、毛、雨……」

下課時間，老師叫來剛剛說話的小安，告訴他：「以後不可以這樣，子筠是左撇子，有時候不小心會寫出這種左右相反的字，可是她一直很努力的在改，也不斷的在練習。」

「可是……那是事實啊！」小安抿抿嘴唇，低下頭：「好啦，我以後不說了。」

「這樣才是好孩子。」老師拍拍他的肩膀，提議說：「其實，要寫出這種從鏡子裡跑出來的字，很難喔。你如果跟子筠比賽，還不一定會贏呢！」

小安不信，拿起筆躍躍欲試。老師備好鏡子一面，用鏡子倒映字體，要小安照著鏡子裡的字形寫。

哎喲！忽左忽右，小安看到自己寫出來的字，整個變樣；換子筠來寫，卻寫得輕鬆自在，甚至完美無缺，讓小安忍不住讚嘆。

一旁，手手卻感到極度的失落。

原來，自己只不過是幾個左右相反的字，只是來自鏡子世界的錯用字。

手手難受得來到林場的大水池上，縮回原來「手手雨」三個字的醜樣子，池面清澈，映出了真正的自己，沒錯，是「毛毛雨」，子筠沒有把最後的筆畫彎大一點，以致看起來像個「手」字，他不怪子筠，只覺得悲傷，這竟是自己花了一整個雨季，尋了一整面雨的平原，所得到的最終解答。

可是不對！

若自己是個錯字，被擦掉後並不能繼續存在！那現在的自己……？

手手趕回教室，一眼就看到那本習作，他鑽入，馬上找到寫下自己的那一頁。

那一頁，是看圖填詞，圖案極清楚，是幅雨天景致：

外面正在下著（　　）。

子筠確實在空格中寫下「手手雨」，但又被擦掉，留下清楚的字痕，但老師並沒有用紅筆打叉叉，只是加註：「好有想像力的雨！子筠好厲害。」

這題還是被同學看見了，大家開始拿這件事來嘲笑，讓子筠用力擦掉這三個字。

子筠變得非常不喜歡下雨……可是，在雨的平原上，雨是不會停的，總是一場接一場的下著……

ㄉ

這天，上畫畫課，老師的題目又是「雨天」，老師說：「雨有不同的味道，有不同的美麗……」那節課，子筠只畫了烏雲密布的大陰天，被小安看到，小安一時捺不住性子大喊：「你可以畫你那個手手……」話沒說完立刻摀嘴，可是大家全聽見了，幾個頑皮的同學又哈哈大笑。

子筠很難過。

手手也聽到了，非常、非常生氣！最近他一直守護在附近，因為自己，子筠被同學嘲笑不只這一兩次。

手手決定做一件事。

他出了教室，化成一大團雲氣，不多久，這團膨脹的雲氣，黑忽忽的籠罩了整個學校！手手要告訴大家，他不是毛毛雨，他是，手手雨！

嘩啦嘩啦……

校園暗下來，頃刻間便下起了大雨，小朋友聚集在走廊往外看。

雨點答答答的下著，手手第一次讓自己下成雨，下的雨卻很不一樣，雨滴尖尖的上頭，像豎起的拇指。

小安眼細，看出來，驚叫：「雨滴在比『讚』！」

雨點落到地面時，手手也做了些變化，他讓水花濺開時要像打開的手掌，當一片片的手掌落地，還啪啪啪啪的擊打，彷彿有千萬個人在鼓掌似的……

班長張開嘴巴：「下的雨在拍拍手！」

「對哦，掌聲好大。」老師這時想起一件事，拐個彎問大家：「孩子們，知道現在下的是什麼雨嗎？」

「雷陣雨吧？」老師搖頭。

「傾盆大雨！」也不是。

「颱風雨。」有颱風嗎？

……不對、都不對，那麼是？大家等老師公布正確答案。

小安突然把手舉高高，用力大吼：「手手雨。」

大家把目光全移向子筠。沒錯，不管是比「讚」的手，還是鼓掌的手，正在下著的，就是「手手雨」。

子筠沒有寫錯字，誰也不能再笑她了，因為這世界上真的有手手雨，而且就在大家眼前下著，嘩啦嘩啦……

本文榮獲第六屆蘭陽文學獎童話組第一名

編委的話

● **柳柏宇：**

真是太有趣了，寫錯的字會被自動擦掉，難不成，在他們的世界有神力？本來以為故事到毛毛雨被寫錯成手手雨就結束了，可是手手雨還真的跑到天上去下手手雨，真是出乎我的意料。

● **游巧筠：**

這篇故事很有趣，一開始我還在想，真的會有「手手雨」這種奇怪的雨嗎？這種雨是下出一隻一隻的小手還是雨長得像手呢？心中充滿了許多的問號，迫不及待想看完。看完後我覺得很奇妙，自己也好想看手手雨喔！還有很巧妙的是，在這篇文章中寫對的字居然不會被擦得永遠消失，不小心被擦，還會自己恢復原狀，而錯字被擦掉就會消失，真的好厲害喔。

● **劉昶佑：**

我覺得這篇文章的標題非常引人注意，而且作者也花了很多巧思在裡面，例如說當同學不相信有手手雨的時候，就下起大拇指形狀的雨或是掌形的雨，原本以為故事會到原來手手雨是毛毛雨寫相反而已就結束了，沒想作者真的把手手雨變了出來，真是太神奇了！

酷 狗／王宇清

◎ 插畫／劉彤渲

作者簡介

熱愛音樂的文字創作者。

曾獲牧笛獎、九歌現代少兒文學獎、好書大家讀年度最佳讀物獎、國藝會創作補助、教育部文藝創作獎及蘭陽、南瀛、臺南文學獎。

著有《願望小郵差》、《水牛悠尾的煩惱》、《空氣搖滾》等。目前於《小典藏》雜誌刊載童話。

Email:groovesching@gmail.com

童話觀

以寫出有創意、有溫度，能令孩子讀過聽過，長大後還能回味再三的作品為目標。

「嘿！有人來了！」酷狗豎起耳朵，滾動眼珠，俐落的一溜煙躲進黑暗裡。

「小可，你在跟誰說話？」

呵，小可才沒那麼笨。「喔，我在練習說故事。」

「好，別太晚睡。」門又關上。

嘻嘻！小可和酷狗一起得意的偷笑，他們的默契，好得不得了。

他偷偷養酷狗已經好幾天了。

會偷養酷狗，起因於小可央求了無數次，但爸媽卻仍不答應小可養狗。理由自然包括了所有不准孩子養狗的經典理由：麻煩、花錢、會弄亂弄髒家裡、破壞家具、寄生蟲、吵到鄰居，還有最重要的是，小可一定不會好好負責任，最後養狗變成爸媽的苦差事。

「哼！又沒有超能力，預言我不負責任，爸媽真不公平。」小可不服氣。

某個夜裡，他決定不再仰賴爸媽，靠自己！於是酷狗就這麼來到他身邊。

酷狗不僅聰明伶俐，而且正如小可夢想中的一樣帥氣：閃閃發光的銀色短毛，像是銀河一樣美麗。不僅如此，牠還有著一對又尖又挺的三角形耳朵，尾巴則像一把白銀武士刀。

然而，小可和酷狗每天都得趁著爸媽睡著才能一起玩，實在不過癮，小可決定要帶酷狗出門去玩。

「怎麼可能，汪！」酷狗聽了垂下尾巴。「畢竟我是你偷養的，不能被別人看見。」就連平常上學的時候，酷狗都只能安靜的待在小可的口袋裡。

「嘿！你是酷狗，要酷一點。」書上說狗一定要充分運動，小可怎麼可能忘記？他早決定，一定要讓酷狗，玩超酷炫的運動！

星期六，小可把酷狗小心翼翼的藏在口袋裡，出發到公園去。他在大草皮上找了一個沒有人的角落。

「要玩什麼？」酷狗很興奮。

「看！」小可拿出一架大大的紙飛機。

「哇！好帥的飛機！謝謝！」酷狗高興得翻跟斗。小可一定是趁自己睡著時做的。

小可把酷狗放在紙飛機上固定好。

起飛囉！

酷狗駕著飛機，在天空中翻了好幾個跟斗，最後摺了一個優雅的大圓弧，降落在草地上。

「你絕對是世界上最酷的狗！」小可讚嘆著。

「那倒是真的，」酷狗得意的說，「當然，你造飛機的功夫也是世界第一。」

他們飛了一下午的飛機，開心極了！

之後，只要有空，小可就會帶酷狗出門，玩各種瘋狂的遊戲。酷狗膽子大，風箏、風車、小船……什麼都敢嘗試。爸媽則對小可不再一直窩在房間裡感到十分欣喜，卻沒有起疑心。

偷偷養酷狗的日子，愉快無比，養狗實在太棒了呀！小可心想。

「小可，surprise！生日快樂！」一個大禮物出現小可眼前。

拆開生日禮物，裡頭竟是一隻活生生的小狗！

「哇！謝謝！」小可欣喜若狂！

「我們怕你寂寞，還是讓你養條狗吧。」爸爸說。「要負起責任喔！」

「嗯！」

新來的小狗，有點傻氣，還會到處撒尿拉屎，但是，牠還是好可愛！小可將小狗取名叫小巴。接著好幾天，他除了睡覺外，整天和小巴膩在一起。可惜媽媽不准小巴上床。

直到有一天，小可才赫然想起，他竟把酷狗全然遺忘了！

「媽媽，你有看見我的酷狗嗎？」小可焦急的問。

「酷狗？啊！你說放你口袋裡那隻摺紙狗嗎？」媽媽一臉抱歉，「不好意思，你忘了拿出來，被洗衣機洗爛丟掉了耶。」

哇！小可哭了出來。

「你怎麼了，不就是張摺紙，再做就好啦！」媽媽大惑不解。

爸媽睡了以後，小可偷偷起床，拿出銀色色紙，邊哭邊摺，連續摺了二十五隻，卻沒有一隻和酷狗一樣。

「酷狗，你去哪裡了？」小可問。桌上的狗兒們，卻一動也不動。

小可又摺了第二十六隻。

「……你好愛哭喔。」狗說話了。

「酷狗！你回來了！我以為你不要我了！嗚嗚。」小可抱著小小的酷狗。

「我是你最忠實的朋友，怎麼會離開你，是你自己心虛吧！汪！」

酷狗說得沒錯，小可羞得無地自容。

「好啦，我沒吃醋，而且，你還幫我找了二十五個弟弟妹妹耶。現在我可是酷狗老大了，汪！」

「咦？」

「喂！一起跟小可打招呼！」

「汪汪！小可好！」一聲令下，其他二十五隻狗，熱烈的叫了起來。

「汪汪！」屋外狗籠裡的小巴，聽見了房間裡的騷動，跟著叫了起來。

「噓！小聲一點！」小可開心笑著。

——原載二〇一四年十一月《小典藏》第一二三期

編委的話

柳柏宇：

這個酷狗真是名符其實的酷，竟然小到可以藏在口袋裡和坐上紙飛機。天下父母心，誰不希望自己的小孩開心，所以小可有這樣的想法是不對的。小可真傻，有酷狗就好，幹嘛要真的狗呀！

游巧筠：

我一開始以為酷狗就是一隻狗，沒想到牠是小男孩用紙摺的，真的很酷。這篇文章的作者把小男孩和酷狗玩的時候形容得很生動，文中的影像就像呈現在讀者的眼前。我在這篇文章中發現小男孩雖然已經有了真的小狗，但是他仍然記得「酷狗」，當他摺出的狗不會動、不會說話，他還傷心的哭了；一般人看到新的東西就完全忘記舊的，如果一般人像小男孩一樣摺狗造型的紙，如果不會動，一般人就會放棄，不像小男孩一樣一直摺。

劉昶佑：

這個故事給我的感覺是表現出人們喜新厭舊的態度，這是現代人的一個通病，為了追求一個新的，好看的東西，就會把原本一直在你身邊的東西給捨棄，當讀完這篇故事的時候，我心裡默默的想，如果有一天換我變成一件物品，但是我卻被我最心愛的主人拋棄，那會是怎麼樣的心情，想必一定很痛苦吧。文中的主角剛開始是和紙摺的小狗對話，我想把小狗擬人化除了是要讓故事更加趣味之外，還有要暗示當物品被遺忘時的心情是如何。

櫻桃樹街的奇蹟／陳秋玉

◎ 插畫／李月玲

作者簡介

彰化人。嶺東科大畢。現職：廣告設計工作室、Jump x jump 原創設計師。寫作作品：《迷霧之春》、《拿鐵不是咖啡》、《愛我的人舉起右手》……等著作。插畫作品：小說雜誌《惡女株式會社》圖文專欄。書籍封面、內頁插畫。《蒙面麗莎的竊笑》粉絲團。

童話觀

孩提時，總覺得郵筒的肚子裡存在著宇宙蟲洞，是連接遙遠區域的神祕隧道，可以任意將信件帶往某處……包括天堂。

用童趣的心靈思維去看世界，會發現幻想與現實之間無比和諧，這就是童話故事溫暖、迷人的地方！

郵筒夫婦默默佇立在櫻桃樹街角為民服務，差不多也有半個世紀這麼久了。經過這麼漫長的歲月，就算是鐵打的身體，也已開始出現零星的小狀況！

穿綠色制服的郵筒先生舊事重提的症狀日益嚴重，但近期發生的事卻老是記不住。紅制服的郵筒太太也因不敵久站和長期的日曬雨淋，膝蓋部位已產生嚴重退化。

儘管一年四季都穿著顏色醒目的制服，但行人卻總是輕易就忽略他們的存在。

然而最令郵筒夫婦感嘆的，應該算是精神食糧的缺乏。他們已經很久沒嚐到美味的手寫文字信件了！

遙想過去風光的年代，那可是每天被塞滿的信件，差點撐破肚皮呢！

由於時代變遷，已經沒有人願意再提筆寫信，因為日新月異的科技，為人們帶來更便利的電子郵件。現在，就連逢年過節的祝福賀卡，也被電子產品取而代之，完全不必出門，就能隨意寄信或收信。再繼續這樣下去，郵筒夫婦面臨被拆除的命運也是遲早的事！

「好想念信件的滋味喔！」郵筒先生大口吐著氣。

友誼的信像薄荷泡泡糖的味道、家書是溫暖的奶油鬆餅，還有散發著香濃巧克力味的悄悄話情書，真的好想再多品嚐幾次！

嗜吃甜食的郵筒先生回味著。

這話題光是今天上午就已提起第七次，郵筒太太也懶得再回應老是喜歡舊事重提的先生！現在她的肚子也是空蕩蕩的。別說是奶油鬆餅，就連一丁點兒巧克力屑，也好幾年沒嚐過了。

薄荷泡泡糖昨天倒是才吃過，但算不上美味。原因是有個年輕人，將嚼過的口香糖黏在郵筒太太嘴巴裡，害她一想起來就滿肚子氣！

「那男人真該好好加強一下品格教育才對！」郵筒太太皺著眉頭仰望天空，幾片灰色的厚雲飄浮在那裡，就跟她的心情一樣灰暗。

一個雨後天晴的下午，櫻桃樹街出現一道罕見的美麗彩虹，由遙遠的天邊灑向郵筒夫婦站立的街角。

郵筒先生在張嘴打呵欠時，正好吞進去了！

「啊！好幸福的香甜味道喔！」他驚奇的說。

如果是以前，郵筒太太根本懶得去理會先生的瘋言瘋語。最近大概真的是餓壞了，居然也跟著張大嘴巴，試圖將七彩色光吞進自己的空肚子裡，沒想到還因此打了個滿足的飽嗝呢！

夫妻倆就這樣懷抱著無比幸福的心情，度過一個愉快的下午。

接近黃昏時，濕漉漉的櫻桃樹街上出現了一個小小的身影。有個六歲小女孩拿著自

製的卡片來到綠郵筒前面。她用蠟筆，在卡片上畫了隻正在吃魚的貓。

這久違的投遞場景讓郵筒先生覺得既興奮又緊張，彷彿心臟病就快發作似的。無法到處走動的郵筒夫婦，唯一的樂趣就是觀察大街上熙攘的人群。因此對於附近鄰居生活動態的了解，可是一點兒都不含糊！

寄信的女孩是住在櫻桃樹街二十五號的奈莉，原本養了隻叫貝果的米克斯貓，前陣子才因貓咪出車禍傷心了好久！

他們兩個老夫婦還整夜不停祈禱，但願女孩不要做傷心難過的夢才好。

奈莉的卡片是寄給貓咪的，她想知道貝果在天堂過得好不好。

親愛的貝果：

奈莉很想你，希望你在天堂幸福快樂。

「這封想念的郵件，散發著紅豆餡的鯛魚燒氣味呢。」郵筒先生滿意地說。

然而在吞進卡片之後他卻覺得十分苦惱。小奈莉大概不知道寄信需要郵票，更何況這裡的郵差是無法送信上天堂的！

「怎麼辦呢？可憐的孩子大概會很失望吧？」郵筒太太也跟著擔心起來了。

幾個小時之後，前來收信的郵差取出鑰匙打開兩人的肚子。奇怪的是裡面卻什麼也沒有！

「果然又是這樣！」郵差對收不到信這件事，早已習以為常。只好兩手空空返回郵政總局。

「怎麼會呢？」郵筒先生百思不解，奈莉寄給貝果的卡片為什麼不見了！

「你該不會因過度飢餓，把信當成真正的鯛魚燒偷偷消化掉吧?!」郵筒太太瞪視他。對先生不敬業的荒唐行為難以諒解。

雖然想辯解，但信件在自己肚子裡莫名消失掉的確也是事實，只好閉嘴不語。

郵筒太太因為太生氣了，好幾天都不願意和先生說話。大概因此氣出病來了，她開始感覺到身體有點不對勁！不知道為何老是打嗝打個不停，而且渾身充滿濃濃的魚腥味，彷彿生吞過幾條魚似的。

「我好像產生幻覺了，總覺得肚子裡好像有魚或是什麼怪東西。」她沮喪地說。

「天啊！該不會是吃到生魚片口味的信吧？」對不喜歡生鮮的郵筒先生來說，那是很可怕的味道。

話雖如此，其實他們心知肚明這幾天根本沒有人來寄信，就連那個沒公德心到處亂黏口香糖的年輕人，也好久不見蹤影了！

「唉！」郵筒太太沮喪地嘆著氣。

夫婦倆人滿肚子的疑問，隨著郵差收取信件的時間來臨，總算找到答案！

郵差在紅色郵筒裡，發現一張寄給奈莉的明信片。信末還附上貓咪的可愛腳掌印。

最親愛的奈莉：

我在這裡過得很好，請不要再爲我擔心。

爲了讓天堂的貓隨時都能有魚吃，所以我開了家魚罐頭工廠。

最近的鯖魚，眞是十分鮮甜肥美呢！

永遠愛妳的貝果

「也難怪會有魚腥味了。」她恍然大悟。

郵筒夫婦已經很久沒有這麼開心了。

想到奈莉收到信時快樂的小臉龐，不禁精神抖擻起來，全身病痛也都痊癒了！就算要再多站個幾十年應該也不成問題。

「不過，你不覺得很奇怪嗎？」郵筒太太追根究底的毛病犯了。她不明白貝果的信是怎麼跑進肚子裡的。還有，奈莉的卡片不是老早就消失了嗎？為什麼貝果好像讀過那封信似的？

兩人苦思了大半天一直沒有結論，郵筒先生還因為用腦過度，不小心睡著了好幾次！

直到東方露出魚肚子白，雲端悄悄露出曙光，郵筒先生才總算想出點眉目來。

「我知道了！彩虹，是彩虹！」他突然睜開眼睛大叫了一聲。似乎就連在睡夢中都不停思索著這件怪事！

他想起年輕時代在郵筒製作工廠等待分發前，曾聽前輩提過關於彩虹魔法的傳說。據說那是能通往天堂的橋樑。

大概就像掉進宇宙黑洞一樣，投遞進來的信也隨著彩虹的七彩魔法色光，被傳送到天堂的某個信箱裡了。

「沒想到這個傳說竟然是真的！」他激動的說。

「所以前幾天我們吞食的彩虹，產生神奇魔力了?!」郵筒太太雖覺得不可思議，不過也沒有更好的答案，可以解釋這個奇蹟了！

「一定是這樣沒錯！」郵筒先生懷著無比強大的信心肯定的說。

不管怎麼樣，他們都為能連繫兩個空間的任務而感到自豪。

但關於櫻桃樹街發生的奇蹟，還不僅只有這一樁呢！

在社區公園玩耍時，小奈莉將收到貓咪貝果明信片的事，說給鄰居玩伴薇拉聽。

「我也好想寫信給天堂的奶奶喔。」薇拉說完，就趕著要回家寫信了。

她只比奈莉多幾歲，卻有著超越同齡孩子成熟的眼神。最愛的奶奶去年因病與世長辭後，她就一直悶悶不樂。

在奈莉的印象當中，鄰居奶奶是個非常和藹可親的人，自製的果醬也非常受到街坊的喜愛。小奈莉依稀記得，奶奶身上總是散發著淡淡的櫻桃香，就跟薇拉正在寫的信件一樣。

敬愛的奶奶：

附近的櫻桃樹已經結滿鮮紅的果實了，天堂的櫻桃樹是不是也和這裡一樣美麗？

好想念奶奶做的櫻桃果醬喔！

想妳的薇拉

奶奶的櫻桃醬，很適合塗在小圓麵包上，每次薇拉都要吃上一大盤才甘心。除此之外，將果醬淋在刨冰上或做成果凍也都十分美味。

但自從奶奶去逝後，薇拉就再也不吃和櫻桃醬相關的甜食了，深怕從此會忘掉屬於奶奶味道的記憶。

「以前妳不是很愛櫻桃醬的嗎？」薇拉的媽媽百思不解。

因為沒有奶奶的食譜，薇拉媽媽也做不出和奶奶相同的味道。

小奈莉和薇拉手牽手來到街角，將想念奶奶的信投進郵筒後，便帶著期待的心情離開了。

「好棒的櫻桃醬口味。」郵筒先生邊咀嚼邊回憶著說：「薇拉的奶奶我還記得呢！她寫了一手很漂亮的字。每年年底，我最期待她寄的賀年卡了！」

郵筒太太則對老奶奶總是順手將郵筒上的垃圾清理掉這件事，一直懷著感謝之心。這裡就是因為有老奶奶在，他們夫妻倆才能隨時保持乾淨整潔的外表！

「真希望奇蹟再度發生，能讓薇拉收到奶奶寫的信。」郵筒太太真心祈禱著。

不久後，在天堂的奶奶真的回信了！

我的薇拉寶貝：

收到妳的信，奶奶實在太開心了！

最近我剛迷上烘烤櫻桃派，滋味可口極了，真希望也能快遞一個給妳。

P.S.隨信附上櫻桃果醬食譜。

想妳的奶奶

意外獲得奶奶親手繪製的櫻桃醬食譜後，薇拉決心要做出一模一樣的味道，來鼓勵剛失業的父親。

前來幫忙的小奈莉，也提著籃子採收了許多的櫻桃果實。

女孩們依照食譜，仔細的調配砂糖的比例和櫻桃的分量，再加上奶奶的獨家祕方細心熬煮。歷經幾次挫敗之後，才終於做出一鍋香甜美味的櫻桃醬。

「我們成功了！」薇拉抱著奈莉為此興奮不已。

薇拉將果醬塗在小圓麵包上，另一部分則做成果凍，然後開心等待父親返家。

父親遠遠的，就已聞到果醬的香甜氣味了，就連街角的郵筒夫婦也聞到了！

「這是薇拉做的嗎？味道居然和奶奶的完全一樣呢！」他驚訝的品嚐著，最後甚至還感動到淚流滿面。

這熟悉的滋味果然讓失意的父親，又重新燃起信心，彷彿薇拉的奶奶就在身邊為他加油似的！

薇拉製作的果醬，為父親帶來新事業的靈感。最近他正計劃要在櫻桃樹街，開一家店名叫「薇拉與奶奶」的櫻桃果醬專賣店，讓幸福的感動溫暖更多失意的人。

雖然知道在天堂忙著烤櫻桃派的奶奶，不可能來參加開幕派對，但薇拉還是給她寄了封邀請函，就連貓咪貝果的那一份也沒遺漏掉。

「薇拉與奶奶」櫻桃果醬專賣店，就開在郵筒長年站立的街角附近。

每次看著絡繹不絕的客人來來往往，知道大家還是很懷念老奶奶的櫻桃醬，郵筒夫婦不禁也替薇拉一家人感到開心。

雖已在天堂卻還是閒不下來的老奶奶，近期又陸續寄來櫻桃派和櫻桃瑪芬蛋糕等食譜，所以店內也開始販售這些相關產品。

「那家店為什麼老是擠滿人啊？」這件事郵筒先生已問過第三次了。郵筒太太實在懶得一再回答，只好裝作沒聽見。

「那家店為什麼老是擠滿人啊？」幾分鐘後，郵筒先生又重新問了一次。

每到糕點出爐時間，專賣店門口總是大排長龍，擠滿前來購買的民眾。尤其是聽過

薇拉和奶奶隔空傳信故事的人，買完果醬後會順便到郵筒旁拍照留念。郵筒夫婦儼然已經成為店裡的招牌吉祥物了。

儘管並不是每封投遞進來的信，都會順利被寄送到天堂，但隨著好奇的遊客日益增多，寄往天堂的明信片多到快塞爆郵筒，口味也變得五花八門。

不管是多汁的水梨、苦澀的咖啡還有雨後的青苔，甚至是臭襪子味道的信，都不得不嚥下肚！

經過口耳相傳，「薇拉與奶奶」很快便成為全國知名的甜點專賣店，就連電視的美食節目都來採訪了。

第一次上電視的郵筒夫婦表情顯得非常僵硬，郵筒先生甚至緊張到差點忘記呼吸了。

「他們來了！」一向沉穩的郵筒太

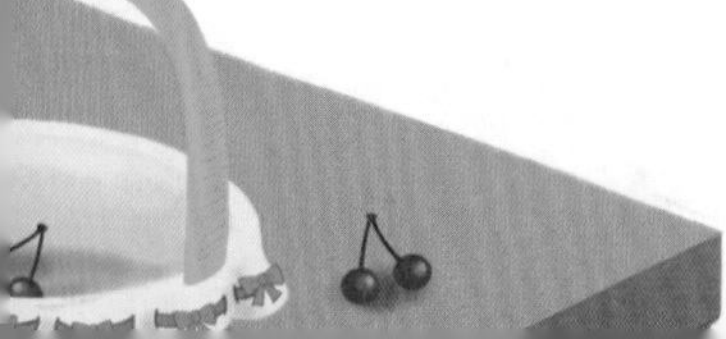

太，說起話來突然提高了八度音。

「怎麼辦？怎麼辦？我好像缺氧了！」郵筒先生歇斯底里喊著。

郵筒太太暗想，幸好他的腳早已被埋進土裡，要不然大概會焦躁到團團轉個不停，當場鬧出許多笑話來！

「這就是有櫻桃樹街奇蹟之稱的郵筒嗎？」主持人泰瑞將採訪鏡頭從店內移往街角。

已站立了大半輩子的郵筒夫婦，此刻看起來顯得比平常更抬頭挺胸。

「那麼，我也來親自體驗一下這裡所發生的奇蹟吧！」泰瑞在攝影鏡頭前面，將預先寫好的明信片投

進郵筒裡。

事實上，泰瑞並不相信這種鬼話連篇的奇蹟，覺得多半只是店家為了宣傳所編造的故事。這次可是應電視台的要求，才勉為其難寫了明信片。

查克先生：

許多年不見了，皺紋已經爬上你的臉了嗎？

對了，我現在已成爲節目主持人了！

沒人知道泰瑞所寫的查克先生究竟是誰，就連他交往多年的女友也從沒聽他提起過。那張明信片洋溢著大海的鹹味，讓從沒親眼看過海的郵筒先生，有了與大海最近距離的接觸。

節目播出的幾個月後，快遞員送來一盒署名給泰瑞的包裹。那是「薇拉與奶奶」櫻桃果醬專賣店寄來的櫻桃酥。

因為時間過了太久，工作滿檔的泰瑞，差點就忘記曾在節目裡寫過明信片的事。

「看來奇蹟果然還是沒有發生，一直都沒收到天堂的回信呢！」他苦笑著。這才發現心底其實是有些盼望奇蹟真的出現！

在櫻桃醬香味撲鼻的盒子裡，他發現一張紙條。

親愛的泰瑞先生：

今早郵差帶著一封沒有地址的信到店裡來，因爲上面署名收件人是泰瑞先生，我在想會不會是錄影當天您寄的信，得到回應了。

「薇拉與奶奶」櫻桃果醬專賣店

盒子裡確實有另外一封信，但泰瑞並不認為真的會是天堂裡的人回的信，應該是專賣店的人為了維持奇蹟的傳說而代筆的回函。

不過看過內容後，泰瑞終於相信櫻桃樹街的奇蹟了。

我親愛的小蜂鳥：

前陣子因爲去旅行，所以隔這麼久的時間才回你的信。

眞希望能看到你主持的節目，可惜天堂完全收不到電視訊號。

無論如何我會爲你加油！

P.S.我臉上連半條皺紋都沒有，仍努力維持你記憶裡的模樣。

帥氣到會讓你嚇一跳的查克

小蜂鳥和查克是泰瑞父子間的暱稱，根本不可能有其他人知道。而且字裡行間的確是記憶中父親爽朗的語氣沒錯！

喜歡航海旅行的父親，在泰瑞小時候就消失在茫茫大海了。當時覺得他只是到遙遠的地方旅行，有天一定還會回來，因此一直強忍著哭泣。擔心一流淚，父親就真的再也無法回來了。

握著來自天堂的信箋，關於父親的回憶像潮水般湧現。泰瑞懷念的眼淚，彷彿遙遠夜空中的星光般閃閃發亮。

「喂！你有看到流星嗎？」街角的郵筒太太，望向剛才有流星劃過的天邊說：「如果吞掉流星，又會發生什麼樣的魔法奇蹟呢？」

「不知道。」郵筒先生說：「我一直在想，前面那家店為什麼老是擠滿人？」

她嘆了一口氣，只好又故意裝作沒聽見。

迎面吹來的晚風已稍有寒意了。郵筒先生想著、想著，又開始舒服的打起盹來。

郵筒太太看著那張長方型的睡臉不禁笑出聲來。她在想，反正哪裡也去不了，夫妻倆乾脆就像現在這樣白頭偕老過下去，應該也不錯吧！

——原載二〇一四年六月十～二十七日《國語日報・故事版》

編委的話

● **柳柏宇：**

這篇故事讀起來很令人感動，自己試想成故事中的角色，彷彿也收到想念的人從天堂寄來的信。作者文筆極佳，想像力豐富，想得到用郵筒當主角，作者的寫作方式是「上帝」知道所有人在想什麼，這樣聽到所有人的心聲，讀者會比較有感覺。

● **游巧筠：**

在這個故事中，住在地球上的人可以和在天堂上的人互相寫信，真的很奇妙。在這篇文章裡寫到，人們總是忽略郵筒先生和郵筒太太，因為日新月異的科技，為人們帶來更便利的電子郵件，已經沒有人願意再提筆寫信了，這是真的，我們人類太依賴科技產品了，我們應該再回到以前大家互相寄信的時候，讓我們開心，郵筒先生和郵筒太太也快樂。

● **劉祀佑：**

我們隨著科技日新月異漸漸忘了原本舊有的東西，就像文中提到的，在這個科技愈來愈發達的情況下，人們都漸漸改用電子郵件傳遞訊息，漸漸淡忘了傳統的郵筒，所以作者將郵筒當作題材實在是一件令人意想不到的事情啊！信件乃是人與人之間，心意的交流，雖然只是單純的文字，然而與現在的電子郵件相比，電子郵件彷彿變得了無「心」意，雖然方便，但是卻少了人與人的情感。

—主編的話—

我依然看見了希望

◎陳素宜

一百零三年，我和昶佑、巧筠、柏宇三位小主編接下年度童話選的超級任務，開始了每天看童話，每週看童話，每個月看童話，全年看童話的日子。這一年裡，我們以「輪轉讀書會」的名義，固定每兩個月聚會一次，平時就在Line上面留言討論。

起初，我們一人有三票，投給心目中有可能入選的作品。如果英雄所見略同，就把這相同的篇目保留下來；要是意見非常分歧，就開始唇槍舌戰，看看誰能為自己心中最愛拉票成功。後來，大家發現三票實在不夠，每個人都在內心交戰半天，不願有遺珠之憾。於是三票增加為五票，每一次聚會，除了細看新出現的作品，也不忘回頭翻找印象深刻的佳作。

暑假過後，昶佑和巧筠分別就讀不同的國中，柏宇成了小學裡的大哥哥，大家都好忙呀！選編年度童話的任務持續進行，除了原先就看著的日報、週刊、月刊之外，各個文學獎陸續揭曉，我們要看的童話就更多啦。兩個月一次的讀書會，討論的時間越來越長，唇槍舌劍的機會越來越多，編選年度童話的任務，真是不簡單呀！

十二月三十一日，下了班的大人和放了學的學生，大部分都在準備跨年。我和三個剛剛放學趕來會合的小主編，先享用一直陪伴我們，擔任紀錄工作的秀菁老師，特別為大家準備的鮮肉包子後，花了兩個小時，終於決定了二十三篇入選作品。接下來就是要決定，年度童話獎落誰家了。

柏宇最早屬意的〈太白星君出任務〉，因故無法收入選集，相同狀況的還有〈不輪轉讀書會〉和〈葉語〉，所以他花了一些時間繼續思考。巧筠先把她的三篇提出來，依序為：〈櫻桃樹街的奇蹟〉、〈野狼哪有那麼壞〉和〈聖誕老婆婆〉。昶佑提出的三篇依序為：〈野狼哪有那麼壞〉、〈四頂帽子〉和〈樹筆友與鳥信差〉。最後柏宇提出他的名單：〈聖誕老婆婆〉、〈手手雨〉和〈劍獅的超級任務〉。想起柏宇為〈劍獅的超級任務〉拉票時的熱情模樣，我不禁問他，怎麼沒有把劍獅排在第一位？柏宇的回答，應該是我們幾位大小主編的共同心聲。他說：這些故事都很棒啊！沒錯，這些故事都很棒啊，真的只能選一篇嗎？

遵守遊戲規則，我們準備選出一篇年度童話了。我希望這篇得獎作品，是眾望所歸，而不是少數服從多數的妥協。先讓大家為自己的第一名說說話，再兩兩比較，看看每位主編喜愛哪篇多一點。這時候，我還沒有公布心裡的名單，盡量避免老師的意見，影響小主編的決定。

一年來的相處，固定兩個月一次的讀書會，以及不時在網路上的討論，我發現三位小主編很有想法，有什麼就說什麼，但卻都不是非常能言善道，正好能平實不花俏的敘說意見。巧筠在說完對〈櫻桃樹街的奇蹟〉的推薦後，立刻得到昶佑的認同，讓昶佑決定轉投櫻桃樹街一票。柏宇想了一想，也決定投櫻桃樹街一票，小主編們的意見很快趨於一致。我的心裡有一點小小的吃驚，想不到結果這麼快就出來了。而且，跟我心中的篇目一樣，就是：〈櫻桃樹街的奇蹟〉！這是一篇溫馨有情，還充滿希望的作品。科技一直進步，原本生活中一些重要的用具，慢慢失去了效能，眼看著就要被淘汰了。路邊的郵筒，面對跟不上時代的命運，只能回想當年豐富的日子。傳說中的彩虹奇蹟，讓他們具備把人們的信寄到天堂，再把回信從天堂收來的功能。這確實填補了人們未及時感恩，表達情感的後悔之心。對於死去的寵物、對於逝世的親人，要是能夠有再度交流的可能，那是多麼棒的奇蹟呀！就創作技巧來說，情節的進展順利而不突兀，角色的描寫自然而親切，又能結合時代的變遷，抓住人心最最需要安慰補償的心情，確實是一篇很棒的作品。尤其是故事快要結束時，又提出了一個問題，吃了彩虹有這樣的奇蹟，那要是吃了流星，又會有怎樣的奇蹟呢？真的給讀者們帶來，好大好大的想像空間。

入選的二十三篇作品，用小讀者的眼光，分成了五卷。卷一：咦？跟從前不一樣，收的是從傳統童話觀念出來，卻又跟傳統不一樣的作品。大壞狼成了好狼，狐狸也丟棄狡猾的壞形象。聖誕老婆婆代夫出征，靈蛇成了電纜。這些故事有傳統的人物，又有新的劇情，延伸了小讀者的想像力。卷二：嗯，就在身邊找一找，收的是大家生活中常常見到的東西，發展出來的故事。帽子、房子、彩色筆、垃圾車和廣播電台，都有了自己的故事。卷三：喔，有件事情要做好，收的是任務取向的故事。想辦法讓老狗重拾信心；劍獅的超級任務；怎樣解救遠方的筆友；螢火蟲要發光，這些都是等著要做好的事情。卷四：啊！心中最愛的事物，收的是遊樂園、摩天輪，鴨子玩具、機器人、寵物盒和耶誕卡片，全都是孩子們的最愛呀。卷五：哇！真是大吃一驚，收了意外的主角，驚嘆號先生；收了被寫錯的手手雨；收了紙摺出來的酷狗；還有能夠跟最思念的、已經到天上去的人，互通消息郵筒的故事，這些故事真的讓人張大嘴巴，大吃一驚哪！

這一年來大量的閱讀童話，讓原本對於童話這一文類，有一些悲觀的我，改變了想法。我要說，我依然看見了希望！

首先，來看看為兒童寫童話故事的人。名家如林良先生和張曉風女士，以及傅林統先生，他們的作品出現，讓人十分驚喜。這或許要感謝《國語日報》的主編，策劃了大師說故事的單元，特地跟他們邀稿。再來是創作質量俱佳的中生代，如吳燈山、林世仁、陳昇群、王文華、周姚萍、岑澎維、嚴淑女和楊隆吉等等，這一年來仍有多篇很棒的作品發表，讓主編們傷透腦筋的討論，要選哪一篇做為代表。還有這幾年出現的新生代，如謝鴻文、林安德、王宇清、施養慧、張英珉等等的作品，在在都讓人耳目一新。不過，最最讓我期待的是，以前沒有見過，也沒有聽過的新名字。就算是我孤陋寡聞，未曾聽聞這些新名字也罷，但是這些生力軍的好作品，讓我看見了希望，期待大家都能堅持下去，繼續努力創作。

接下來讓我驚豔的是，作家們選擇的題材。動物固然是傳統的主角，不能自行移動的植物也來參一腳，還有想像中的神獸也出現了。除了有生命的生物，還有人們創造出來生活中的器具，也被賦予生命，展開精彩的故事。更好玩的是，一個標點符號，驚嘆號先生，也掙脫紙面，有了自己的旅程；一個孩子寫錯的語詞，帶來一場精彩的手手雨。是的，我們永遠不必擔心童話作家沒有題材可寫，我們能夠一直期待有嶄新的童話可以閱讀！

還有，故事裡面的感情，越來越細緻，越來越深入。原本以為退休的老緝毒犬，繼續貢獻所長，為大眾服務；沒想到卻是大家刻意安排，讓他自覺老而彌堅，仍然有用。原本以為特地為班上的怪咖準備卡片，是不歧視同學的表現；沒想到轉到主角自省，把某人列為怪咖，是否就已經是先入為主的歧視了。這樣的經營故事，把童話中的情感，提升一個層次，有了更深入討論的空間。

最後來看看發表的園地，仍然是以《國語日報》為大宗，《自由時報》、《更生日報》偶爾有童話作品。《未來少年》、《小典藏》和《少年飛訊》每個月一篇，令人振奮的是四月份創刊的《未來兒童》，也開闢童話專欄，加入行列！還有一些刊物，也有童話刊登，只是並非原創，所以沒有列入編選範圍之內。盡力尋找童話的過程中，或許仍有遺漏，只能對於遺珠說聲報歉了。

在最後的最後，來談一談文學獎吧。本年度入選的二十三篇作品當中，有八篇來自文學獎的得獎作品，另有兩篇得獎作品，因為無法取得授權而忍痛放棄。來自文學獎的入選作品，有三分之一。這幾年來，文學獎可以說是童話的重要發表園地。相較於一些刊物只刊邀稿作品，文學獎給予新人更大的空間，和比報章更長的篇幅得以發揮。只要有參加，就會有希望。我從各個文學獎當中，看見創作童話的新面孔，看見了童話花園的新希望！

我心目中的好童話

◎柳柏宇

我定位好童話的標準其實很簡單，只要我第一次看的時候看得懂，留給我一個好的第一印象，看完之後覺得開心，就可以列入「好的童話」之中。我個人是比較偏好夢幻的童話，像是加入神話的童話，或者是比較偏奇幻小說的童話，都是我的最愛。我覺得童話要有的因素是不拖泥帶水、要具有幻想的因素、讓大家都可以看得懂，這樣才可以叫做童話。

轉眼間，我已經當了一年的小主編了，在這一年中，我也學到了不少，本來以為當主編就是抄抄寫寫的，很輕鬆，當了小主編後，我才知道原來一個好的主編是要學會跟別人討論，才能篩選出好的東西，也體會到主編的辛苦和「討論」所發揮的功效了。除此之外，我也了解，一篇好的童話是要有伏筆在的，如果沒有伏筆，那就是一篇平鋪直敘的文章，讓人看了也沒什麼意思。在當小主編之前，看童話時，都只會留意那篇童話好不好玩，有不有趣，但是開始當小主編之後，就開始會留意那篇文章有沒有幻想因素，取材特不特別之類的，讓我因為知道這麼多好的童話應有的因素而開始有成就感呢！自從當了小主編後，閱讀量突然變得很大，因為在當小主編之前，我都只看小說，都沒有閱讀報紙的習慣，當了小主編後，不但會看報紙上的故事，也知道還有牧笛獎之類的文學獎項，小主編這個工作真是惠我良多呢！

在剛開始接這份工作的時候，覺得這是一份很好的工作，不但可以體驗當主編的心情，還可以有大量的報紙、文學獎可以閱讀，充實自己的生活，但是，一升上六年級，課業變得比較繁重，不但要先寫完學校的功課，還要去補習補到七晚八晚的才睡覺，根本就沒時間看報紙了，回到家倒頭就睡，週末時，一心只想要休息，經過爸媽三催四請，我才肯去看報紙，這時我就覺得很煩，當然，我也曾經想要放棄這個工作，可是，那時都已經把這個工作做到一半了，絕對不能輕易放棄，所以，我變更加努力的在平日爭取時間看報紙，假日就可以好好休息了。

我在小主編這份工作中得到最好的道理就是，一定要堅持你的工作，堅持就有收穫，不堅持就沒有收穫。

在討論的時候，難免會跟同儕有一些爭執，可是只要好好討論，就可以有一個好的結果，心平氣和比面紅耳赤好，跟同儕爭得面紅耳赤不但自己氣得半死，而且也討論不出什麼好結果。

所以，我覺得要當主編要有的特質是（一）一定要喜歡閱讀，不然看故事時會很辛苦。（二）不能怕吃苦，不然會更辛苦。（三）要懂得討論，因為主編就是要會跟「同事」討論，結果才會令人滿意。不過，我覺得，不管怎麼樣，你要喜歡那份工作，做起來才會覺得高興，工作也會比較順利。

我心目中的好童話

◎游巧筠

這次參加小主編的角色讓我對童話有所認知，對各篇文章有所期待，也讓我對童話大開眼界，還讓我對童話有個更高標準。

我覺得整篇文章都被童話的元素纏繞著，才有資格成為一篇童話，我認為童話還要夢幻、虛構、不接近現實，再加上一點幽默，還要讓讀者深深的被吸引住，一直要把這篇文章看完為止。雖然是童話，但是還是要符合故事中的邏輯。文章中的主角也是要點之一，如果一篇童話，看似精彩，但主要人物都是人類，沒什麼特別的，那這篇可就單調了；相反的，如果一篇章雖然寫的可能不怎麼樣，但是主角是一個稀奇的東西或者是平常就在我們身邊，我們卻時常忽略的東西，那這篇文章會讓讀者覺得有趣，我覺得寫這些文章的作者們很厲害，還可以從生活中找到這些奇特的主角，想必他們已經把文章融入生活中，信手捻來都是題材。

有很多文章作者都是像天上的老天爺一樣，每個人在想什麼、想講什麼他都知道，用這種方式寫文章會讓讀者不會自己去思考別人的感受；還有一種比較少見的方式，就是作者把自己當作文章中的那個主角，這個方式會讓讀者期待對方說的話，也比較能體會她的感受，還會讓讀者感到身歷其境，因為讀者們早已把自己也融入故事中，成為故事中的另一個角色，這也讓故事和讀者產生互動。

在我加入這個讀書會前，我曾經以為：童話就只是把動物當作主角而已，那時候根本很少看到用別的東西當主角的文章，自從參加了這個讀書會後我才慢慢的了解童話的定義根本不只這樣，經過老師每次集合不厭其煩的講解，讓我對童話更有概念，我也更加了解童話，第一次擔任小主編的我，在一開始也是有很多的疑問，雖然心裡有自己想法，但是也不知道要怎麼表達，然而經過老師的鼓勵與教導，我們漸漸學會說出自己的看法。雖然這一年來閱讀量非常大，不管是報紙上的文章，或者是雜誌上的童話都要閱讀，閱讀量大到連睡覺時還夢到每篇文章的主角跑出來對話，真是有趣。我想我知道這是一種學習的經驗，也是另類的腦力激盪。

很高興這次能當小主編這個角色，其實一開始我是很緊張的，怕自己表現得不好，因為大家的鼓勵漸漸的讓我更有信心，我知道這是一次難得的經驗，但是也要辛苦一年，剛開始的時候，我還覺得輕鬆，後來又剛好要升上國中，課業壓力又更重了，而且來到一個新的環境還要適應國中的新生活，但我告訴自己，再怎麼苦也要把它撐過去，我知道對我來說這是一個非常重要的回憶和體驗。

我期待有一天我能寫出一篇完美的童話，也期待有更多人可以投入類似這樣的工作，它可以當作休閒時間的興趣之一，只要每天做一點，很快就可以完成，只要自己不覺得厭煩，只要自己覺得有興趣，一定可以完成像這樣的事情，而且這樣不僅可以讓自己得到快樂，別人看完你寫的文章，也會覺得很開心。

我心目中的好童話

◎劉昶佑

在我的心目中，「寫」得好的童話有很多，但是讓人印象深刻，又寫得好的「好」童話卻屈指可數。我只是一位學生，就我個人來說，童話應該是一個令人充滿著遐想，充滿著天馬行空，又帶著有那麼一點點符合現實的故事。故事是讓作者在有壓力時，或是有想法時所誕生的一個寶貝。我讀過許多作者的嘔心瀝血之作，發現了故事的結局雖然有少數的是以悲劇收尾，但是現今的童話仍然是為了那最後充滿著幸福快樂的結局所寫的刻板印象，我覺得這樣的故事如果能帶讀者進入更深的意境，那麼才有可看性。相對的對於以悲劇收尾的童話呢，以我來說是非常少見的，除了小時候看的《安徒生童話》中的〈美人魚〉，我就很少見到了。但是以一個童話故事來說——悲劇是一個不受歡迎的結局，所以好童話的定義是什麼呢？既不能像作文一樣以幾級分或是格式的問題來評比，但也不能以評審說的算為基準，所以好童話的定義其實也包括了主／客觀的爭議呢！

我心目中最好的童話，就這次選出來的作品，我認為非〈櫻桃樹街的奇蹟〉莫屬了，作者不僅以溫馨動人的故事打動我，還利用其他各種因素令我留下深刻的印象。至於為什麼是〈櫻桃樹街的奇蹟〉，是因為作者的取材，還是因為故事情節呢？其實兩者都有，我認為作者將立在路邊的郵筒擬人化，還把這兩個郵筒設定成一對夫妻，描述鬥嘴的情形也令人覺得像一對老夫老妻，簡單來說就是作者把角色的情感、對話和個性描寫的極為貼切。雖然故事情節感人也很不可思議，但是我主要是因為作者的寫作手法而印象深刻。雖然我選〈櫻桃樹街的奇蹟〉是因為作者的取材，但是因〈櫻桃樹街的奇蹟〉的情節給人一種溫暖和療癒的感覺。溫馨動人的情節很多其他故事裡也有，但是因為〈櫻桃樹街的奇蹟〉能讓我感動到現在都還不能忘懷，可以說是令我印象最深刻的故事。

　　童話是我既能學習也能放鬆的一種休閒活動，我一開始不排斥閱讀童話，但是比起童話我更喜歡小說類的故事。但是在長期讀童話的影響之下，我漸漸體會到了童話所代表的不等於幼稚，而是一種能讓壓力不見的更好的方法。小說與童話相較之下，字數較多、與現實比較相近，但是回頭看看童話，童話不僅適合小孩和大人，甚至現在的國中或是高中生都可以，雖然與現實相比，的確差異大，但是卻比較能忘記生活上的不順心，不是嗎？我相信好童話定能帶給讀者不同的感覺。

一〇三年童話紀事

◎謝鴻文

一月

●二日，由文化部主辦、臺北書展基金會承辦的二〇一四年義大利波隆那書展臺灣館展出書單公布，項目分為：臺灣精選圖文出版品美好生活五十八本、童書漫畫新鮮書六十二本、已授權圖文書六十本、數位出版品十五本等，共計一九八本。其中童話入選的有鄭宗弦《人魚王國的變身魔藥》、王文華《首席大提琴手》、安石榴《多多和吉吉：野餐日》、安石榴《多多和吉吉：颱風天》、周姚萍《開心動物園：小馬來貘當哥哥》、周姚萍《開心動物園：大家都是第一名》、周姚萍《魔法豬鼻子》、哲也《叮咚小悟空之筋斗雲朵朵》、林哲璋《用點心學校2：好新鮮教室》、林世仁《流星沒有耳朵》、賴曉珍《魔法紅木鞋》、林哲璋《用點心學校3：老師有夠辣》、哲也《青蛙探長和小狗探員》、哲也《變身項圈和黃金蛋》、哲也《宇宙大王和鼻涕怪獸》、林哲璋《用點心學校4：學生真有料》、林哲璋《屁屁超人》、林哲璋《屁屁超人與直升機神犬》、林哲璋《屁屁超人與飛天馬桶》、林世仁《怪博士與妙博士》、黃春明《黃春明童話集》。

●九日，雲林二崙故事屋開館，為雲林縣內歷史最悠久的派出所（建於明治三十二年）舊建築改建，開幕活動故事饗宴，由林武憲主講「無限的天空」。

●十日，財團法人毛毛蟲兒童哲學基金會於臺中綠光原創舉辦「閱讀背包客系列課程：故事與思考」，米雅主講「生活中的故事、詩」。

●十八日，小魯出版社於臺北市金車藝文中心舉辦新書歡聚會，邀請溫美玉主持，嚴淑女、孫心瑜、張東君、陳維霖、心岱、嚴凱信、溫美玉、劉貞秀、陶樂蒂、黃郁欽等作者分享創作。

●二十日，由葫蘆巷讀冊協會企劃製作的「臺灣兒童圖書館聯盟」網站正式成立。

●二十三日至二十四日，親子天下雜誌於臺北書香花園舉辦「說一個好故事——少年創意寫作營」，由王文華、林世仁、張友漁擔任講師。

二月

●五至十日，二〇一四臺北國際書展舉行，今年童書繪本主題館以「美好生活」為主題，規畫的展覽內容涵括三大區塊：第四屆伊比利美洲精選插畫展、臺灣插畫家聯展以及美好生活書房。與童話相關講座活動有八日，康軒出版社主辦王文華《動物童話森林》新書發表會；九日，小兵出版社主辦《樹頂的藍天》故事發表暨斜角巷故事人巷子劇團歌舞劇演出。

●十四日，臺北市民交響樂團 於國家音樂廳演出《娃娃兵進音樂廳：夜弄土地公》，曲目故事出自許榮哲童話《夜弄土地公》。

三月

●二日，臺灣藝術治療學會主辦「藝術治療之異業結盟：系列一故事想像的療癒旅程工作坊」，盧彥芬主講「說故事與療癒繪本」，本場次於國立臺灣師範大學舉行，四月二日於政治大學公企中心，五月二十四日於東海大學。

●三日，九歌出版社於臺北紀州庵文學森林舉行一〇二年度小說、散文、童話選新書發表暨年度文選頒獎。《九歌一〇二年童話選》由王文華主編，收入子魚、劉碧玲、林佳儒、陳志和、林哲璋、王文華、周姚萍、楊隆吉、林怡君、李瓊瑤、鄭淑芬、翁心怡、周銳、張淑慧、吳蕙純、楊茂秀、任小霞、馮湘婷、張英珉、楊絢、朱心怡、哲也和林世仁二十三人的童話，年度童話獎由子魚〈黑熊爺爺忘記了〉獲得。

●四日，臺東大學兒童文學研究所舉辦「新傳講座：我們的歷史，我們的記憶，我們的未來」，由林文寶主講。

●六日，林哲璋童話《菜刀小子的陣頭夢》在高雄內門橫山宋江陣館舉行新書發表會。此為高雄市政府與四也出版社共同策劃的節慶童話叢書。

●九日，林世仁《十四個窗口》新書分享暨簽書會於臺北市小南風minami zephyr 舉行，本日起至二十九日，同時舉辦此書插畫六十九幅的原畫展。

●十四日，「二〇一四臺南兒童文學月」優質本土兒童文學書籍入選名單公布，入選童話有：欣欣《我真羡慕你》、王文華《歡喜巫婆之剛好有雜貨店》、陳可卉《怕鬼的熊哥哥》、陳正恩《水鴨南渡大隊》、管家琪《魔字傳奇》、黃文輝《坐車來的圖書館》、岑澎維《找不到校長》、陳景聰《胎記龍飛上天》、侯維玲、張嘉驊等著《鳥人七號》、亞平《我愛黑桃7》、亞平《月光溫泉：亞平童話》。

四月

●一日，小天下出版社舉行《未來兒童》創刊發表會。

●一日至七月二十七日，國立臺灣圖書館於該館五樓特展室舉辦「臺灣近代民族運動先覺者筆下的兒童文學特展」，展出該館相關特藏圖書，如官方推動之兒童文學、在臺日人創作的兒童文學，以及臺灣近代民族運動先覺者，如王詩琅、翁鬧、莊松林、黃得時、蔡培火、楊守愚、楊雲萍、楊逵、張文環、張我軍、廖漢臣、連溫卿、賴和等人筆下所嘗試展現的兒童文學。

●十日起至六月十二日，由國立臺灣歷史博物館主辦、臺南市府城故事協會合辦的「故事志工培訓」，邀請子魚、洪瓊君等講師主講說故事的準備、肢體開發等主題，四月二十四日則有楊茂秀主講「兒童文化與故事」。

●十二日，中華民國兒童文學學會舉辦林世仁「創作經驗談——童話與童詩的雙重奏」。

●十九日，由臺北市立圖書館、新北市立圖書館、國語日報社主辦的「二〇一三年好書大家讀」年度最佳少年兒童讀物頒獎典禮，於臺北市立圖書館舉行。本屆有一百七十七本獲選。其中文學讀物組六十九本、知識性讀物七十八本，以及圖畫書暨幼兒讀物三十本，並選出三位年度優秀繪圖者蔡兆倫、邱承宗和鄒駿昇。文學讀物類得獎故事創作有：陳碏《古靈精怪：花魂》、蘇尚耀改寫《鄭和下西洋》、鄒敦伶《轉學生亞美》、陳榕笙《貓村開麥拉》、林世仁《童話飛進名畫裡》、賴小禾《出走》、信子《小兔子的奇怪阿嬷》、陳素宜《年獸阿儺》、鍾理和《繪本菸樓》、王家珍等著《真的假的小時候》、賴曉珍《香草金魚窩》、林秀穗《黑西裝叔叔》、哲也《飛行鯨魚和時光機》、周姚萍《魔法豬鼻子》、安石榴《多多和吉吉：颱風天》、盧千惠、許世楷《阿媽阿公講予囡仔聽的臺灣故事》。

●二十六日，「二〇一四臺南兒童文學月」舉辦論壇「越界．閱界——兒童文學的無限想像」，參與對談有曹俊彥、陶樂蒂講題「畫外之音——圖說得比你想得還要多」，許榮哲、楊士毅講題「舞文弄影——看！影像中的兒童文學」，廖炳焜、林哲璋講題「閱界，看我家鄉——在地生活的兒童文學」。

●國立臺東大學兒童文學研究所《竹蜻蜓：少兒文學與文化》特刊號出版，做為已停刊的《兒童文學學刊》的延續，將每半年出版一期，本期特刊號主題「兒童文學的新疆界」，由七位兒童文學研究所專任教師執筆，分別是陳錦忠〈剪影圖像符號學分析〉、藍劍虹〈童話書考〉、游珮芸〈試論《蠟筆小新》的流行現象〉、黃雅淳〈以文字預約人間淨土：李潼自序文中的人文關懷〉、葛容均〈談幻想文學的自由與遇見〉、杜明城〈生物科普文學的幾種書寫風格：布封、法布爾、勞倫茲〉。《竹蜻蜓：少兒文學與文化》除了論文之外，也開闢「創．作」的單元，本期刊載劇作家王友輝〈ㄨㄧAA 之謎〉。

五月

● 二日至六月二十日，四也出版社每週五於臺中好事空間舉辦「二〇一四四也童話創作坊」，林世仁主講「童話的四個偏向：我的童話創作觀V.S《字的童話》」、「從靈感到作品：我的創作經驗談」，許榮哲主講「為什麼我和別人不一樣：自我認同的童話創作」、「安徒生童話不會教我們的事」，楊茂秀主講「老鼠『放屁』前後」、「小烏龜『打嗝』前後」，子魚主講「說演故事空手道：聲音表情到肢體語言，精彩說演童話故事」、「有想法寫下來：從微童話的創作開始」。

● 三日，麥當勞和親子天下合作文化部贊助的「鼓勵閱讀 激發想像力」計畫，推出隨快樂兒童餐贈書活動，本日於高雄博二店舉辦「林哲璋《屁屁超人》說故事、簽書會」。

● 三至四日，臺灣兒童閱讀學會於臺北市立圖書館舉辦「故事說演實務」研討會，第一天由林澄枝、謝文宣專題演講「回顧——故事媽媽的源起與理念」，以及小小書評家、小大讀書會、貓頭鷹親子教育協會、慈濟慈善基金會、花蓮故事媽媽團的說故事示範與解說，特別企畫「戲劇與故事」由林敏俐、沈采蓉、連惠宜示範說演；第二天由徐永康專題演講「故事媽媽的現況與展望」，彩虹愛家生命教育協會、高雄市蒲公英故事閱讀推廣協會、雲林故事人協會、臺南市府城故事協會的說故事示範與解說，綜合座談「誰的故事？怎麼講？」，由柯倩華主持，與談人林真美、謝慧燕、林偉信、徐永康。

●二十四日，林世仁的童話《流星沒有耳朵》研討會在浙江師範大學兒童文化研究院舉行。參與本次研討會的有：桂文亞、林世仁、方衛平、彭懿、黃惠鈴、劉懷蓮、陳恩黎、常立、錢淑英、胡麗娜、趙霞、梁穎等海峽兩岸兒童文學研究者、作家、出版人。

●二十四日，桂文亞於浙江師範大學兒童文化研究院參與第八屆思想貓兒童文學研究優秀成果獎頒獎典禮，頒獎典禮之後，桂文亞以「蜜蜂以兼采為味：好書大家讀一九九一～二〇〇三年紀要」為題舉辦專題講座。

●東華大學王家禮教授設置的林君鴻兒童文學獎十年有成，集結十年來的得獎作品出版《渴望飛翔：林君鴻兒童文學獎童話作品集》和《吹泡泡：林君鴻兒童文學獎童詩作品集》。

六月

●八日，童書翻譯工作者蘇懿禎開設的「臺灣童書地圖支店」於臺北市開幕，從網路社群生出集合書店、教學等功能的實體空間。

●十三日，靜宜大學外語學院舉辦「第十八屆兒童語言與兒童文學全國學術研討會」，會議主題「臺灣兒童文學的現況與轉變」，活動內容有張鑑如專題演講「聽媽媽說故事：親子共讀對幼兒語文能力的影響」，李雅儒、陳玉金、謝鴻文、李惠加、吳香君、鄭冠榮、鄧名韻、黃玉蘭、陳亭儒、吳新欽的十篇論文發表，其中與童話有關的是李雅儒〈臺灣現代創作童話之藝術表現——以「牧笛獎」歷屆得獎童話為例〉。另有綜合座談主題「兒童語言與兒童文學全國研討會的範疇與展望」，由海柏、邱若山、邱各容、鄭清文、方素珍擔任引言。

● 十五日，臺南市南區區公所於喜樹圖書館舉辦「繪聲繪影——開啟閱讀之鑰」，多場系列講座以文學和偵探主題，陳榛儀主講「認識兒童文學」。

● 二十八日，樸學志工團在新竹縣竹北市綠禾塘，邀請林煥彰主講「談安徒生的童話——〈老頭子做的事總是對的〉」。

● 中華民國兒童文學學會會訊復刊，出版第三十卷夏季號。

七月

● 一至三日，彰化縣政府舉辦「彰化縣教師兒童文學創作工作坊」，邀請許建崑、李光福、陳沛慈、林文寶、彭雅玲、陳靜婷擔任講師，第一日是童話相關課程，分別是許建崑主講「從兒童故事到少年小說」、李光福主講「童言童語說童話」。

● 二日，國立臺灣文學館舉辦一〇三年度第一期「文學好書推廣專案」決選名單公布，童話僅有心岱《飛行貓奇幻之旅》、許建崑主編《九歌一〇一年童話選》入選。

● 二日至八月十三日，臺北「這裡藝游工作室」開設「童話一生」共七週課程，由安石榴主講，課程主題探討安徒生、王爾德、貝洛、格林、新美南吉、安房直子等作家作品。

● 四日，王文華應澳門教育暨青年局之邀，至澳門擔任「與作家有約」系列講座，本日於氹仔教育活動中心主講「童話裡的藝想世界」；五日於澳門教育暨青年局主講「穿越時空遇見你——可能小學及奇想三國」；六日於澳門教育暨青年局主講「我愛閱讀——《首席大提琴手》」。

● 四至六日，「二〇一四聯合文學巡迴文藝營」於宜蘭佛光大學舉辦，首次增設兒童文學組，由李如青擔任班導師，童話相關課程有蘇善「童話如何詩：以《童話詩跳格子》為例」、林茵「繪本裡的文學性：從童話繪本《小島阿依達》說起」。

● 五至十三日，新北市政府舉辦「二〇一四新北市兒童藝術節」，以「童話城堡」為主題，於新北市市民廣場展出巨型童話裝置。

● 十二日，林鍾隆紀念館舉辦「童話與童詩雙重奏：謝鴻文童話《好神經》與蘇善童詩《童話詩跳格子》新書分享會」。

● 十二日，桃園縣政府文化局舉辦「桃園兒童閱讀月」有多項閱讀推廣及書展活動，本日有周姚萍講座「童話好好玩、創意好好玩」。

● 十九日，臺灣獨立書店文化協會在香港書展舉辦童書講座「書寫在地主題，讓童書讀者看見在地生活」，對談人有徐焯賢、鍾慧沁、陳培瑜。

● 十九日，文化部公布第三十八屆金鼎獎得獎名單，圖書類出版獎：兒童及少年圖書獎得獎者有張友漁《悶蛋小鎮》、楊維晟《自然老師沒教的事3：河口野學堂》、哲也《前面還有什麼車？》、林秀穗《黑西裝叔叔》；優良兒童及少年圖書推薦：張嘉驊《少年讀史記》、賴曉珍《香草金魚窩》、范欽慧《沒有牆壁的教室：悠遊在大自然裡的小日子》、王文華《曹操掉下去了》、呂游銘《鐵路腳的孩子們》。

●二十四日，文化部「第三十六次中小學生優良課外讀物推介評選活動」結果揭曉，文學創作類入選童話有：陳碏《古靈精怪：花魂》、賴曉珍《香草金魚窩》、許建崑主編《九歌一〇一年童話選》、安石榴《多多和吉吉：野餐日》、心岱《飛行貓奇幻之旅》。

●二十六至二十七日，四也出版社於高雄市獅甲國小舉辦第四屆「四也兒童文學營——金礦、海盜與魔法」，許榮哲主講「一篇童話的奇幻旅程」、王淑芬主講「手工書的浪漫童話」、管家琪主講「童話的經典元素」、林世仁主講「從文類的角度談童話的四個偏向」、楊茂秀主講「幻想的文法：童話沙拉」；第二場，八月二日至三日於臺北信義國小舉辦。

●二十八至三十一日，桃園縣政府教育局主辦「桃園縣兒童文學種子教師培訓」，由王文華、謝鴻文、陳麗雲、張東君、胡鍊輝、林芷婕、溫美玉、林世仁擔任講師，童話相關課程有王文華「童話的藝想世界」、溫美玉「深度閱讀到創意寫作——以童話教學為例」。

八月

●一日，第四屆臺南市文學獎揭曉，兒童文學組得獎名單為：首獎王昭偉〈劍獅的超級任務〉，優等蔡心怡〈請問，可以搭公車嗎？〉，佳作陳啟淦〈稻草人卡卡〉、陸昕慈〈海神宮殿〉、游書珣〈老屋〉。

●八至十二日，第十二屆亞洲兒童文學大會暨第三屆世界兒童文學大會於韓國昌原舉行，本屆大會以「文學——為孩子種夢」為主題，臺灣代表團由游珮芸領軍，學術大會論文發表人有鄧名韵、謝鴻文、林素文、陳晞如，分科會議報告有游珮芸、蔡清波。

●十四日，雲林故事人協會舉辦「故事大家說：一頁作者，創作遊藝工作坊」，由顏千惠主講「靈感馬殺雞」、「故事靈感」、「故事尋寶」。

●十六日，臺灣文學創作者協會於白象文化公司舉辦「文創一日工作坊・親子故事教養」，由李儀婷主講「你叫什麼名字：父母送給孩子的第一份禮物」、「不要再跳地板了：衝突來襲的故事解決法」、「怎麼讀都有趣：親子共讀練習」、「家庭文化養成：把家打造成一本移動的童話」。

●十八至二十二日，中華民國兒童文學學會舉辦「臺灣兒童文學發展研習營」，由邱各容主講，課程分成日治時期、戰後初至六〇年代、六〇至八〇年代、八〇年代至千禧年、新世紀等五個斷代探討臺灣兒童文學的演變。

九月

●五日，紀州庵文學森林舉辦「我們的文學夢系列講座」，由林良、林瑋主講「生活與工作，處處是文學」。

●九日，由臺北市立圖書館、新北市立圖書館、國語日報社主辦的「好書大家讀」優良少年兒童讀物六十六梯次評選活動結果揭曉，文學讀物組故事創作有：管家琪《真情蘋果派》、林秀穗《公園裡的大怪獸》、管家琪《白馬、金團、黃仙人：高雄客庄故事》、周芬伶《小華麗在華麗小鎮》、王文華主編《九歌一〇二年童話選》、林哲璋《童話狗仔隊：林哲璋童話》、周銳《大個子老鼠小個子貓》、林世仁《十四個窗口：二十週年經典版》、須文蔚、陳啟民《吉絲卡的願望》、王華《我ㄐㄧㄡˋ是帥》、陳正恩《鴿子與靶機》、哲也《小東西》、哲也《小東西2》、哲也《小火龍大賽車》、李赫《老牛要出嫁》、湯湯《一個小雞去天國》、李潼《李潼童話：水柳村的抱抱樹》。

●十九日，第三屆「海峽兒童閱讀論壇暨林良作品研討會」在中國作家協會會議廳召開。研討會由桂文亞主持，參加者有福建少年兒童出版社社長陳效東、副社長楊佃青和「林良美文書坊」系列責編林淑平等以及高洪波、束沛德、海飛、金波、張之路、曹文軒、王泉根、劉憲平、湯銳、李東華、王林、陳暉、張國龍、王越、樊發稼、梅子涵、方衛平、朱自強等中國兒童文學學者作家，以及臺灣學者、編輯林文寶、張子樟、何綺華、黃莉貞、林瑋等人與會。

●十九日，桃園縣兒童文學獎揭曉，童話故事組第一名張英珉〈不斷水的彩色筆〉、第二名張殷祈〈為什麼彩虹有黃色？〉、第三名卓奕伶〈螢火蟲，要發光〉、佳作李光福〈聖誕老婆婆〉、佳作謝宇斐〈「愛」回收商店〉、佳作鄭傳榮〈小豬與大野狼〉。

●二十日，國語日報社舉辦蕭逸清《我的爸爸是棒球》新書發表會。

●二十五日，教育部文藝創作獎頒獎，童話類得獎名單為：優選陳志和〈啞巴守門雞〉、優選鄭玉姍〈實習小神仙〉、佳作陳家煌〈不吃肉的狼王〉、佳作呂美琪〈小飛的魔幻旅程〉、特優翁心怡〈太白星君出任務〉。

十月

●三至五日，苗栗縣政府主辦，聯經出版公司承辦的「苗栗，閱讀閱快樂」活動，除了有書展，尚有多場作家講座。四日，謝鴻文主講「《好神經》童話分享會」。

●十八日至十二月十四日，新北市永安美麗生活館舉辦「很久很久以前……法蘭西童話異想世界」展覽，規劃「生活教育&知識傳遞」、「奇幻．藝想」、「哲學．思考」、「心靈繪本」、「無限可能的紙工藝」等幾大面向，全面性介紹法國童話的各種特色，展覽現場不但可觀賞到多元豐富的中、法文版法國童書，同時展出各種臺灣難得一見的精巧立體書、紙雕書、摺疊書等特殊童書。

●十九日，第六屆蘭陽文學獎頒獎，童話組第一名陳昇群〈手手雨〉、第二名翁心怡〈河岸詩人〉、第三名沈秋蘭〈天下第一豬〉、佳作吳文雄〈龜島靈蛇〉、佳作黃培欽〈樹筆友與鳥信差〉、佳作劉碧玲〈蔥香飄上天〉。

●二十二日，臺東大學兒童文學研究所舉辦「兒文創作分享會」，由顏志豪主講「關於兒童文學的創作心得及其技巧」，談其近來之童話、少年小說創作。

●二十四日，第十三屆國語日報兒童文學牧笛獎得獎名單揭曉：首獎從缺，第二名任小霞〈喜歡安靜的阿泥〉、第三名王夏珍〈葉語〉，佳作陳佩萱〈童畫多多〉、張懿〈音樂家驢先生〉、黃淑萍〈彩虹神偷〉以及王宇清〈黑色鈕扣〉。

●二十八日，人本教育基金會南部聯合辦公室舉辦「和孩子一起跟好書成長——幸佳慧與你有約」，此系列課程從幾個經典童書中理解「兒童特質」，從學術上文學與科學的相關研究相互印證，兒童特質在孩子成長過程中被父母讚賞與護持的必要性與重要性。十月二十八日主題「看閱讀——從童書中重新看待兒童，並看到好書的力量」、十一月四日主題「帶閱讀——帶孩子一起討論童書議題，建立孩子獨立思考與論述的能力」、十一月十一日主題「走出閱讀——將閱讀而來的認知與心智能力，化為活得更好的實踐動力」、十一月二十五日主題「和孩子閱讀——從快樂中獲得強健的人格與能力」。

十一月

●七至九日，由偶偶偶劇團製作的兒童歌舞劇《蠻牛傳奇》，在臺北市政府親子劇場演出，劇本由謝鴻文改編自林鍾隆一九七一年出版的故事《蠻牛的傳奇》。

●七日至十二月三十一日，兒童文學作家桂文亞將自己個人文學手稿、作家信函及從事編務工作四十餘年來所收藏的作家文稿資料等檔案，贈予國立臺灣大學圖書館收藏，提供研究之用。為此國立臺灣大學圖書館舉辦「思想貓的文學書房：桂文亞女士手稿資料展」。七日的開幕座談會「美麗眼睛看世界」，由許建崑主持，與談人有林世仁、林芳萍、張嘉驊、謝君韜。

●八日，東吳大學英文學系、臺灣兒童文學研究學會舉辦「兒童文學的典範轉移研討會」，澳洲昆士蘭科技大學「兒童與青少年研究中心」主任凱莉・邁藍（Kerry Mallan）專題演講「變動中的童年地理學：兒童文學的所在、空間與情感」，另有中英文論文八篇發表，與童話相關有鄧名韵〈魚？人？抑或女人？——從改寫的角度看《人魚孩子》的女性書寫〉、翁振盛〈人獸之間：童話中的食人魔〉。

●八至十六日，中華民國兒童文學學會慶祝成立三十周年，系列活動於臺北市立圖書館B1藝廊舉行，八日「三十出發——中華民國兒童文學學會回顧展開幕嘉年華」，向耆老致敬活動有夏婉雲詩歌朗誦、平等國小巧宛然掌中劇團布袋戲演出、米倉國小雙口相聲演出；九日起「談話．談畫」聊天時間，由麥莉、陳素宜、曹俊彥、劉宗銘、涂乙欽、邱各容、王金選等兒童文學作家每日輪流駐場和民眾聊兒童文學。

●十二日，臺南府城舊冊店舉辦「新公民閱讀運動講座」，由洪文瓊主講「臺灣文學鉤沉錄——兒童文學家」。

●十五日，中華民國兒童文學學會舉辦「三十年臺灣兒童文學的生態衍變」座談會，由洪文瓊演講〈臺灣兒童文學生態變遷之我見〉、林文寶〈對臺灣兒童文學創作之期許〉、沙永玲演講〈童書出版與推廣〉、陳木城〈電子書時代來臨〉。

●十八日，浙江少年兒童出版社於臺北世貿中心舉行的第十屆海峽兩岸圖書交易會，舉辦

「海岸線書系」新書發布會。此套書系彙聚臺灣兒童文學作家：林海音、林煥彰、馮輝岳、桂文亞、李潼、方素珍、管家琪、王淑芬、張嘉驊、林世仁、林芳萍的經典力著，牽手大陸兒童文學作家、評論家：蔣風、金波、樊發稼、吳然、班馬、沈石溪、曹文軒、孫建江、湯銳、方衛平、徐魯的精彩評論。

●二十九日，麥田出版社成立青少年童書副品牌「小麥田」，故事館書系首波推出《格林姐妹大冒險1：巨人謎案》。並於本日邀請王文華在政大書城臺南店主講「和孩子一起大冒險——從《格林姐妹大冒險》開始」。

●中華民國兒童文學學會出版《童心三十再出發——創會三十周年紀念文集一九八四~二〇一四》，收錄楊茂秀、林文寶、林武憲、桂文亞、黃海、洪文瓊、陳木城、李雀美等多人回顧或展望的文章。

十二月

●七日，國家圖書館舉辦「一〇三年臺灣閱讀節」，活動內容包括閱讀植根計畫成果發表、精彩表演、書香傳愛心公益活動、圖書館傑出人士表揚典禮、踩街活動等，唯一的童書帳篷由小魯文化承辦，以「小魯文化・閱讀來自好聲音」為主題，邀請小魯哥哥姊姊大展身手「玩」故事，以及邱承宗、陶樂蒂、黃郁欽等兒童文學作家一起玩繪本故事。

●八日，南瀛故事人協會於臺南崑山國小舉辦「故事v.s戲劇成長研習營」，課程內容有沈采蓉主講「說一個故事開場」、「故事裡賣什麼?」、「故事裡到底賣什麼?」、佳里區和風故事團主講「故事裡的戲劇元素」。

●十三日，林鍾隆紀念館舉辦「月光光沙龍」，由邱各容主講「林鍾隆與臺灣兒童文學」。

●二十日至二〇一五年三月十五日，聯合報系主辦的「小王子特展」於臺北華山 1914 文創園區舉行，展出內容包括全球首次曝光，由法國聖修伯里基金會監督授權，將《小王子》書中的文字與插畫由書頁轉化為真實場景，以及作者安東尼·聖修伯里的鉛筆塗鴉、炭筆素描、水彩稿、《小王子》原著插畫等。

九歌童話選 12

九歌103年童話選

Collected Fairy Stories 2014

主編	陳素宜、柳柏宇、游巧筠、劉昶佑
插畫	卡森‧OAOstudio、李月玲、劉彤渲、蘇力卡
執行編輯	鍾欣純
創辦人	蔡文甫
發行人	蔡澤玉
出版發行	九歌出版社有限公司 台北市105八德路3段12巷57弄40號 電話／02-25776564・傳真／02-25789205 郵政劃撥／0112295-1
九歌文學網	www.chiuko.com.tw
印刷	晨捷印製股份有限公司
法律顧問	龍躍天律師・蕭雄淋律師・董安丹律師
初版	2015（民國104）年3月
定價	320元

書號　0172012

ISBN　978-957-444-986-6

（缺頁、破損或裝訂錯誤，請寄回本公司更換）

本書榮獲台北市政府文化局贊助

國家圖書館出版品預行編目資料

九歌一〇三年童話選. / 陳素宜主編；卡森・OAOstudio、李月玲、劉彤渲、蘇力卡圖. -- 初版. -- 臺北市： 九歌, 民104.03
面；　公分. --（九歌童話選 ; 12）

ISBN 978-957-444-986-6（平裝）

859.6　　　　104001006